Mariage en mer Égée

JANE PORTER

Mariage en mer Égée

AZUR

HARLEQUIN

Collection : Azur

Titre original :
HIS SHOCK MARRIAGE IN GREECE

HARPERCOLLINS FRANCE
83-85, boulevard Vincent-Auriol, 75646 PARIS CEDEX 13
Service Lectrices — Tél. : 01 45 82 47 47

www.harlequin.fr

ISBN 978-2-2804-3632-8 — ISSN 0993-4448

Prologue

Très raide, immobile sur le canapé blanc du salon, Kassiani Dukas s'efforçait de ne pas attirer l'attention de son père, qui était furieux. Il valait mieux se faire oublier, même si elle n'était pas la cause de sa colère.

L'heure était grave. Elexis, la sœur aînée de Kassiani, avait mystérieusement disparu pendant la nuit, la veille de son mariage avec Damen Alexopoulos. Avec l'aide de quelques amis, elle avait réussi à gagner Athènes pour échapper à un mariage dont elle ne voulait plus.

Son père était sur le point d'annoncer la nouvelle au fiancé, un puissant magnat de l'industrie du transport maritime, brillant, ambitieux et célèbre pour ses coups de colère quand on osait contrecarrer ses projets.

La mine sombre, les mains croisées derrière le dos, Kristopher Dukas arpentait nerveusement le salon.

Un bruit de pas retentit dans le hall dallé de marbre, et Kassiani retint son souffle quand Damen Alexopoulos apparut sur le seuil. Elle l'avait déjà vu une fois, aux fiançailles d'Elexis, mais ne lui avait pas parlé. Damen s'était contenté d'une brève apparition avant de s'envoler pour la Grèce, où ses affaires le réclamaient. Sans être beau au sens classique du terme, il avait un visage saisissant, avec des yeux noisette incroyablement pénétrants et une bouche ferme et pleine qui la fascinait. Il était plus grand que dans son souvenir et aussi plus large d'épaules, avec un torse puissant et de longues jambes.

Kass n'avait jamais compris l'intérêt que lui portait

Elexis. D'habitude, sa sœur préférait les artistes ou les acteurs à la mode, qui lui faisaient d'ailleurs une cour assidue en raison de sa fortune.

— Vous vouliez me voir ? lança Damen Alexopoulos.

Au son de sa voix grave, légèrement râpeuse, Kassiani sentit un frémissement sur sa nuque.

— Bonjour, Damen, dit Kristopher avec une bonne humeur forcée. Quel temps magnifique, à Sounion !

Un muscle tressaillit sur la mâchoire de Damen. Manifestement, son père l'agaçait, ce qui ne présageait rien de bon pour la suite.

— Il fait toujours beau, ici, répondit Damen. J'ai interrompu une réunion importante pour vous. J'imagine que ce n'est pas pour parler de la pluie et du beau temps… ?

L'irritation et l'impatience faisaient ressortir son accent grec quand il parlait anglais.

— Non, bien sûr, répliqua Kristopher en souriant. Désolé si je vous ai dérangé.

— En tout cas, je suis là. Pourquoi m'avez-vous appelé ?

Kassiani se tassa dans son coin sur le canapé. Autant que le lui permettaient ses formes généreuses, en tout cas. Elle n'était pas grande et élancée comme sa sœur, mais plutôt replète et bien en chair. Elle ne possédait pas de compte Instagram, ne prenait pas de selfies et évitait soigneusement les photos, car elle n'était pas photogénique.

Contrairement à Elexis, elle ne participait pas aux mondanités du cercle très fermé de la haute société et ne voyageait pas en jet privé. Elle ne faisait pas non plus la fête à Las Vegas, aux Caraïbes ou au bord de la Méditerranée.

Sans son patronyme, Dukas, elle aurait été tout à fait ordinaire. Si son père n'avait pas compté parmi les Grecs les plus riches des États-Unis, elle aurait été invisible. Oubliée.

Au fil des ans, Kass en était venue à regretter de pas être invisible, justement, car elle ne supportait pas d'être prise en pitié ou méprisée. Et pas seulement par le beau monde et les célébrités. Elle était rejetée par sa propre famille.

Comblé par ses deux aînés, son père ne lui avait jamais manifesté le moindre intérêt. Barnabas, son fils et héritier, lui ressemblait, et la belle Elexis l'avait charmé dès son plus jeune âge par ses grands yeux noirs et sa coquetterie.

Kass n'avait jamais été une enfant charmeuse. Maussade et silencieuse, abominablement têtue, elle boudait les réunions de famille et refusait de faire la conversation quand son père invitait des gens importants. Elle ne voulait pas non plus jouer du piano ou chanter en battant des cils devant les dignitaires grecs qui leur rendaient visite, et préférait discuter politique avec eux. Depuis l'âge de quatre ou cinq ans, elle se passionnait pour l'économie et émettait des avis sur l'avenir des transports maritimes. Son audace horrifiait son père. Peu importait qu'elle lise des ouvrages spécialisés et excelle en mathématiques. Une jeune fille grecque bien élevée ne se prononçait pas sur les questions politiques et économiques. Elle se contentait de grandir sagement avant de faire un beau mariage avec un Grec influent. Sa responsabilité se limitait à assurer le renouvellement des générations. Un père de famille n'exigeait rien de plus.

Très vite, Kassiani fut exclue des fêtes, des dîners et des réceptions. On ne lui demanda plus de s'habiller et de descendre pour rejoindre le reste de la famille Dukas. On l'oublia…

— Merci d'être venu si vite, dit Kristopher sans se départir de son sourire. Je crains que nous ayons un problème…

Armateur, comme Damen, le père de Kassiani possédait la double nationalité, grecque et américaine. Il était né et avait grandi à San Francisco. Heureusement, sa voix ne trahissait aucune nervosité, songea Kassiani. Dans le monde impitoyable des affaires, il ne fallait montrer aucune faiblesse. Le mariage de Damen et Elexis avait été inclus dans les négociations concernant la fusion de Dukas Shipping avec l'empire Alexopoulos. Du coup, la transaction était sévèrement compromise…

L'estomac de Kassiani se noua. Son père ne pourrait jamais rembourser tout l'argent que Damen avait investi pour sauver sa société. Sur la corde raide depuis cinq ans, l'entreprise familiale aurait déjà mis la clé sous la porte sans les subsides de Damen. Il fallait maintenant lui annoncer que les Dukas se trouvaient dans l'impossibilité d'honorer leur part du contrat.

Kassiani se tourna vers la fenêtre. Les murs blancs de la villa réfléchissaient la lumière du soleil, et les eaux turquoise de la mer Égée brillaient d'un éclat infiniment plus radieux que l'océan Pacifique au large de San Francisco.

— Je vous écoute, répliqua Damen sur le même ton faussement amical.

Le regard de Kassiani se posa sur Damen. Il n'avait pas l'air d'un magnat. Il avait la musculature et la peau bronzée d'un homme qui travaille sur les chantiers navals, pas de quelqu'un qui était assis derrière un bureau. Son profil attirait l'attention. Le front haut, les pommettes saillantes, il avait un nez de boxeur.

C'était un battant qui n'accueillerait pas de bonne grâce la mauvaise nouvelle.

— Elexis est partie, annonça Kristopher brutalement. J'espère la récupérer très vite, il nous faut seulement…

— Désolé de vous interrompre, coupa Damen. C'est vous qui avez un problème, pas moi.

Kristopher pâlit.

— Certes. Nous devons malgré tout avertir les invités pendant qu'il est encore temps.

— Il n'est pas question d'annuler la cérémonie. Une promesse doit être honorée, je ne tolérerai aucune humiliation.

— Mais…

— Vous m'avez promis votre fille il y a cinq ans. Vous devez honorer votre promesse.

« Votre fille. » Vexée, Kassiani se mordit la lèvre. Comme si elle n'existait pas… Kristopher Dukas avait pourtant deux filles. Mais elle ne comptait pas.

Sans doute émit-elle un son involontaire, car Damen lui jeta un bref regard. Malgré son air indéchiffrable, quelque chose, dans son expression, la transperça.

Damen se retourna vers son père avec un rictus de mépris.

— À demain à l'église. Avec ma fiancée.

Puis, sans rien ajouter, il quitta les lieux.

1.

C'était un jour de mai parfait pour un mariage.

Le ciel était d'un bleu très pur, avec juste quelques nuages floconneux à l'horizon. Le soleil illuminait les murs blanchis à la chaux de la petite chapelle aux tuiles rouges vernissées, sur fond de mer Égée, avec le temple de Poséidon à l'arrière-plan.

N'importe quelle mariée se serait réjouie de ces conditions idéales. Mais Kassiani n'était pas une mariée ordinaire. Elle n'était même pas censée se marier.

Elle occupait la place de sa sœur à la cérémonie et la réception qui devaient se tenir dans la propriété de Damen au cap Sounion. Tôt ce matin-là, Kristopher avait en effet décidé de remplacer Elexis à l'insu du fiancé. L'estomac noué, Kassiani se tenait sous le porche et attendait que la porte s'ouvre.

Il y avait une forte probabilité pour que tout se termine mal. Le marié risquait de s'en aller et de la planter là en s'apercevant de la supercherie.

Il n'était pas idiot.

Il était même l'un des hommes les plus puissants du monde et n'apprécierait pas d'être berné.

Kassiani n'avait d'ailleurs pas l'habitude de duper qui que ce soit.

C'était la plus jeune des enfants Dukas et la moins remarquable. Mise au pied du mur par son père ce matin-là, elle s'était rangée à son plan et avait accepté d'épouser Damen Alexopoulos. Pas seulement pour voler au secours de son père, mais aussi pour se sauver, elle.

Par son mariage avec Damen, elle échapperait à l'autorité paternelle et rentrerait en possession du capital que sa tante lui avait légué, qui lui garantirait liberté et indépendance financière.

Même si elle passait, à vingt-trois ans, de la domination d'un homme à celle d'un autre, elle pourrait faire quelque chose de sa vie et cesserait d'être cantonnée au rôle de mouton noir.

Son mariage avec le richissime armateur Damen Alexopoulos ne lui octroierait pas la beauté d'un coup de baguette magique, mais cela modifierait la manière dont les gens la voyaient. C'était peut-être pathétique d'envisager la situation ainsi, mais elle existerait enfin.

À l'intérieur, la harpiste entonna la marche nuptiale. Son père, petit et trapu, les cheveux poivre et sel, lui fit signe impatiemment et elle réprima un soupir. Il ne l'aimait pas vraiment. Petite, elle ne comprenait pas sa froideur à son égard, alors qu'il fondait devant Elexis. En grandissant, elle avait analysé la situation.

Kristopher, qui n'était pas beau, voulait être aimé et respecté. Son argent lui valait une certaine considération, ainsi que sa ravissante épouse, qui avait abandonné sa carrière de mannequin pour se consacrer à lui et leurs enfants. Elexis, aussi charmante et ravissante que sa mère, faisait sa fierté. Malheureusement, Kassiani, qui tenait de lui, avait hérité sa mâchoire carrée et sa constitution robuste…

Kassiani poussa un long soupir. Ce genre de pensées ne l'aidait pas, à un moment où l'estime de soi lui faisait cruellement défaut. Son père claqua des doigts pour la ramener à la réalité.

Le moment était venu.

Elle posa une main tremblante sur le bras de Kristopher, qui rajusta son voile sur son visage.

Kassiani était à la fois terrifiée et étrangement calme.

Une fois qu'ils auraient pénétré dans la chapelle, il ne serait plus question de reculer. Elexis avait laissé tomber sa famille. Kass ne ferait rien de tel.

Pour une fois, elle serait utile et agirait efficacement pour sauvegarder les intérêts de Dukas Shipping. Elle voulait travailler pour la compagnie depuis le collège et avait étudié le droit international des affaires à Stanford dans cette intention. Mais son père l'avait écartée, refusant de l'employer et même d'écouter ses propositions. Affreusement vieux jeu, il pensait qu'une femme devait rester cantonnée à la maison pour élever ses enfants.

Depuis vingt-trois ans qu'elle se sentait une charge inutile, elle était contente d'aider son père. L'humiliation de la faillite les aurait tous détruits.

Rassérénée par cette perspective, Kassiani inspira profondément et releva le menton en entrant dans l'église orthodoxe vieille de quatre siècles. Il lui fallut un instant pour s'accoutumer à la pénombre.

Damen Michael Alexopoulos l'attendait au bout de l'allée, devant l'autel, avec le prêtre. Dès qu'elle l'aperçut, elle fut incapable de détacher son regard de lui. Dans son sévère costume noir, il avait l'air encore plus intimidant que la veille à la villa. Son immobilité l'inquiéta.

Avait-il des soupçons ?

Se doutait-il qu'elle avait usurpé la place de sa sœur ?

Le voile de Kass était si épais qu'elle avait du mal à voir au travers, mais Damen n'était pas sot. La silhouette de Kass ne correspondait en rien à celle d'Elexis, qui postait d'innombrables photos sur Instagram. Les deux sœurs ne pouvaient pas être plus différentes. Même en trichant avec des hauts talons, Kassiani restait très petite. Une couturière avait élargi et raccourci la robe d'Elexis, mais elle avait dû mettre un corset et une gaine à l'ancienne pour la fermer.

— Il sait, souffla-t-elle.

— Non, grommela Kristopher. De toute façon, il est trop tard pour reculer. Tu ne peux pas me faire cela.

Sa gorge se serra. Non, elle ne pouvait pas.

Elle agrippa le bras de son père. Puisqu'il fallait aller de l'avant, elle tâcherait de ne pas paniquer. Les deux familles seraient unies grâce à elle.

Elle irait jusqu'au bout.

Mais comment réagirait Damen Alexopoulos ?

Dès l'instant où Kristopher Dukas entra dans la chapelle avec sa fille, Damen sut que ce n'était pas l'aînée.

Il les regarda s'approcher avec un sentiment d'irréalité. L'Américain avait un toupet monstre !

Kristopher avait choisi la solution de facilité et substitué à Elexis sa sœur cadette, qui avait manifestement du mal à marcher avait des hauts talons.

Comment osait-il ?

Quel homme se permettait de traiter ses filles comme du bétail ?

Damen sursauta violemment quand Kristopher mit la main de la mariée dans la sienne. Impitoyable en affaires, il était aussi d'une probité irréprochable et ne supportait pas la malhonnêteté et la trahison.

Il n'avait pas besoin d'épouser une reine de beauté, mais il avait de bonnes raisons d'avoir choisi Elexis.

Brillante, ambitieuse et rompue aux bonnes manières, Elexis Dukas avait un tempérament qui lui convenait parfaitement. Elle tiendrait son rang socialement et se conduirait en hôtesse accomplie, qualités qu'il appréciait d'autant plus qu'il en était dépourvu. Elexis, qui adorait se retrouver sous les projecteurs, au centre de l'attention, le représenterait dans les réceptions et les soirées, qu'il exécrait. Avec une telle ambassadrice, il ne manquerait à personne et se dispenserait des mondanités.

Il ne ressentait aucune affection, mais c'était celle qu'il voulait. Il savait exactement à quoi s'attendre et connaissait ses forces autant que ses faiblesses. Elexis menait une existence enviable, voyageait avec la jet-set, fréquentait les cercles élitistes et les palaces. Elle s'habillait chez les grands couturiers, elle avait sa place réservée dans les défilés de la *fashion week* et ses photos figuraient toujours en bonne place dans les magazines people. Durant leurs fiançailles, elle avait continué sa vie tapageuse, mais il comptait bien sur le fait qu'elle s'assagisse pour devenir une épouse modèle après leur mariage.

Il avait besoin d'une femme raisonnable, qui comprenne où était sa place et ne demande rien sur le plan sentimental. Lui-même refusait les émotions et ne tolérait aucune exigence.

Maintenant qu'Elexis avait disparu et qu'il se retrouvait avec l'autre fille Dukas, il se demanda si Kristopher n'avait pas tout manigancé depuis le début. Elexis n'avait peut-être jamais eu l'intention de l'épouser…

Kristopher avait-il vraiment prémédité de lui donner le vilain petit canard de la famille Dukas ?

Il devait partir pendant qu'il était encore temps.

Juste au moment où il s'apprêtait à lâcher la main de la mal-aimée, elle chercha son regard à travers les épaisseurs de voile.

— Je suis désolée, chuchota-t-elle.

En signant le registre paroissial dans la sacristie, Damen prit conscience avec colère qu'il ne connaissait même pas le prénom de sa femme.

— Qui ai-je épousée, si vous n'êtes pas Elexis ? maugréa-t-il en prenant le stylo que le prêtre lui tendait.

Elle avait relevé son voile, mais n'osa pas l'affronter directement et baissa les yeux.

— Kassiani, répondit-elle d'une voix enrouée.

Une rage sourde l'envahit, avec l'envie de donner un coup de poing dans le mur ou sur la table.

— Ce n'est pas le nom que j'ai entendu lors de la cérémonie.

— En effet. Petra est mon premier prénom, mais

personne ne l'utilise jamais. On m'appelle Kassiani, ou Kass.

Il grinça des dents, furieux contre lui-même. Pourquoi n'avait-il pas arrêté la mascarade à temps ? Pourquoi avait-il fléchi ?

— Ne croyez pas vous en tirer à si bon compte, maugréa-t-il.

Comme elle se contentait de plisser le front d'un air soucieux, il insista.

— C'était prévu dès le départ, d'échanger les deux sœurs à mon insu ?

Elle rougit violemment.

— Non.

— Ne le prenez pas mal, mais ce n'était pas vous que je voulais.

Elle pâlit en comprimant les lèvres, avant d'émettre un rire contraint.

— J'ai compris.

— Je ne voulais pas vous blesser.

— Je ne suis pas vexée.

En d'autres circonstances, il aurait apprécié son attitude, franche et directe. Mais on venait de lui jouer un mauvais tour et il n'était pas dans une disposition d'esprit charitable.

— Je ne suis pas du genre à oublier et pardonner.

Il faillit s'attendrir quand une ombre passa sur son visage.

Mais elle se ressaisit presque aussitôt et se pencha sur le registre dans une cascade de tulle blanc. Puis elle se redressa avec fierté.

— Moi, comme vous pouvez le constater, je ne dis jamais non aux bonnes choses. J'adore les gâteaux et le chocolat. Nous avons tous notre croix à porter.

Sa bravade inspira à Damen une émotion intempestive. Il l'attira contre lui et releva son menton pour capturer sa bouche. Petite, elle lui arrivait à peine à l'épaule. La chaleur de son corps lui parut incroyablement douce et son baiser se fit plus dur et insistant, pas du tout comme il convenait pour clore une cérémonie de mariage. Rien, dans cette histoire, ne se déroulait comme prévu.

Kassiani arpentait la chambre de la villa où elle s'était préparée un peu plus tôt, en s'efforçant de calmer sa nervosité.

Elle ne plaisait pas à Damen Alexopoulos. Il ne voulait pas d'elle. Tout pouvait s'écrouler d'un moment à l'autre.

Les serments n'avaient aucune validité tant que le mariage n'était pas consommé. Elle n'arrivait pas à se représenter la scène. D'abord, elle n'avait aucune envie de se retrouver dans son lit. Ensuite, il avait clairement signifié qu'il n'appréciait pas le subterfuge dont il était victime.

L'audace qui avait permis à Kass de prendre la place d'Elexis à l'église avait disparu. Après la cérémonie dans l'intimité, le courage lui manquait pour affronter les centaines d'invités venus du monde entier qui assisteraient à la réception.

Kassiani arrêta de faire les cent pas et se plia en deux, l'estomac soulevé par la nausée. Tout le monde se moquerait en la voyant. Il n'était plus possible de se cacher sous des épaisseurs de voile et de dentelle.

Jamais elle n'oserait rejoindre Damen pour parader à son bras, ouvrir le bal, couper le gâteau… Confrontée à la réalité, elle ne se sentait plus capable d'assumer publiquement son rôle d'épouse.

Les jambes coupées, Kassiani se laissa tomber sur le bord du lit.

Qu'avait-elle fait ?

Elle essuyait ses larmes quand la porte s'ouvrit brusquement sur Damen.

Il n'avait même pas frappé avant d'entrer.

Elle sursauta de surprise. Puis, réduite au silence par son expression féroce, elle attendit.

Il se contenta de la fixer et la tension devint insupportable. Au bout de plusieurs secondes qui parurent une éternité, elle craqua.

— Dites quelque chose, je vous en prie, murmura-t-elle.

— Nos invités attendent.

De nouveau, elle se représenta la terrasse avec le buffet dressé sur des nappes de lin blanc, dans une profusion de fleurs, à la lueur des candélabres. Elle n'avait pas sa place dans cette réception. Ce n'était pas son mariage.

— Je ne peux descendre.

— Il faut que je vous porte ?

— Non.

Ses yeux la brûlaient. Elle ne pouvait pas le regarder en face. Ce qui lui avait semblé courageux et nécessaire ce matin n'avait plus aucun sens.

— C'est un peu tard pour la lâcheté.

Elle baissa la tête.

— Je suis d'accord.

Le silence s'étira. On n'entendait plus que le souffle irrité de Damen.

— Si vous espérez ma sympathie…

— Pas du tout.

— Bien. Tout est votre faute.

Elle ouvrit la bouche, puis la referma sans rien dire. Il avait raison. Indiscutablement.

— Vous ne pouvez pas rester là toute la nuit, reprit-il au bout d'un moment.

Elle tripota nerveusement une perle brodée sur sa jupe.

— Je n'ai jamais aimé les fêtes et les réceptions.

— Même pour votre mariage ?

— Nous savons très bien, vous et moi, ce qu'il en est réellement.

— C'est bien le problème.

Elle croisa brièvement son regard en rougissant. Il la

rendait tellement nerveuse… Il ne ressemblait à aucun des hommes qu'elle avait rencontrés jusque-là.

— Comment imaginiez-vous les choses ? demanda-t-il moins durement.

Désarçonnée par le changement de ton, elle se mordit la lèvre.

— En toute franchise, ajouta-t-il.

Ses épaules se voûtèrent. Elle détestait le sentiment d'échec et d'impuissance qui s'insinuait en elle.

— Je n'ai pas pensé à la réception ni aux invités, avoua-t-elle. Juste à la cérémonie et…

— Et quoi d'autre ?

— Le reste.

— C'est-à-dire ?

— Les devoirs d'une épouse.

— Plus précisément ?

Une lueur cynique s'alluma dans les yeux de Damen. Elle frissonna et les battements de son pouls s'accélérèrent, mais elle essaya de maîtriser son trouble.

— Veiller à votre bien-être, m'occuper de votre maison… ou vos maisons. Vous donner des enfants. J'ai conscience des responsabilités qui m'incombent.

— Vous êtes plus raisonnable que votre sœur.

— Elexis a d'autres qualités.

— Elle a le sens de la fête.

— Oui, elle aurait fait bonne figure à la réception.

— Et se serait prêtée de bonne grâce aux séances photo.

— Elle est très photogénique.

— Comment votre père vous a-t-il convaincue de prendre la place de votre sœur ?

Elle fronça les sourcils.

— Pardon ?

— Vous a-t-il menacée ? Promis une récompense ? Pourquoi avez-vous participé à cette mascarade ?

— Ce n'est pas une mascarade. Je vous ai épousé de mon plein gré.

— Vous vous êtes portée volontaire ?

— Non. Pas exactement. Quand mon père m'a… expliqué la situation, j'ai compris que ma famille avait une dette envers vous. Il serait humiliant pour les Dukas de ne pas s'en acquitter. J'ai accepté de remplacer Elexis afin que les affaires de mon père ne pâtissent pas de sa défection et que vos entreprises fusionnent comme prévu.

— Quelle grandeur d'âme !

Elle refusa de se laisser intimider par le sarcasme.

— J'ai réagi dans l'urgence. Vous êtes libre d'annuler le mariage quand vous voulez. Tant qu'il n'est pas consommé.

— C'est ce que vous espérez ?

— Non. J'ai prononcé des vœux avec l'intention de les respecter.

— Et si je n'ai pas envie… de coucher avec vous ?

La gorge de Kassiani se serra. Même si elle ne pouvait pas rivaliser avec Elexis, elle n'en avait pas moins des rêves et des espérances.

— Je ferai de mon mieux pour vous plaire.

Il passa devant elle avec un regard dédaigneux et alla se planter devant la fenêtre. Dehors, les feux du couchant embrasaient le temple de Poséidon devant le cap Sounion.

— Nous devrions peut-être mettre un terme sans tarder à cette farce ridicule.

— Peut-être, en effet, répondit-elle en refoulant sa frustration. Je ne vous en voudrai pas.

Brusquement, il lui fit face avec colère.

— J'ai acquitté ma part du contrat, grogna-t-il. J'ai investi une fortune dans Dukas Shipping et réglé les problèmes juridiques de votre père. J'ai également rompu avec mes maîtresses et attendu chastement le mariage avec votre sœur…

— Manifestement, vous avez eu tort.

— N'aggravez pas votre cas, chérie.

— Au point où j'en suis, je ne risque plus rien, railla-t-elle.

Elle marqua une pause.

— Vous auriez dû passer plus de temps avec votre fiancée pour mieux la connaître.

— J'ai fait confiance à votre père.

— C'était une erreur. Je vous croyais plus intelligent.

Il se raidit.

— Ce n'est pas très gentil de votre part. Ni pour votre père ni pour moi.

Elle haussa les épaules.

— J'ai toujours été réaliste. Je connais les forces et les faiblesses de ma famille. Personnellement, je n'aurais jamais traité avec eux. En tout cas, vous vouliez étendre votre empire sur la côte ouest des États-Unis. C'est chose faite.

Il revint vers elle tranquillement, à pas mesurés.

— Vous n'avez pas une haute opinion de moi, dit-il doucement.

Il était si grand qu'elle devait lever le visage pour voir le sien. Au creux de son ventre, une sensation inconnue l'intrigua. Cela ressemblait au désir.

— Vous sous-estimez les Dukas, dit-elle.

— Vous ne m'avez pas répondu.

Elle hésita un long moment avant de le regarder droit dans les yeux.

— Je n'épouserais pas un homme que je n'estime pas.

Il attendit. Encore plus longtemps qu'elle.

— Moi non plus, je n'aime pas les mondanités. Partons tout de suite, et tant pis pour la réception.

2.

Damen la conduisit à l'arrière de la villa par l'escalier de service et ils se retrouvèrent dans le jardin potager, qu'ils traversèrent pour arriver dans un verger. De là, ils empruntèrent un étroit sentier qui les mena vers le rivage.

Ils descendirent quelques marches jusqu'à un ponton où un bateau était amarré. Le capitaine tendit la main à Kassiani pour l'aider à monter à bord, mais Damen la porta dans ses bras. Les jambes chancelantes, elle s'assit sur la banquette la plus proche et il prit place en face d'elle, tandis qu'ils s'éloignaient à vive allure de la terre ferme.

Le vent soulevait le voile de Kassiani, qui essayait tant bien que mal de le retenir tout en s'agrippant à son siège. Elle ne quittait pas des yeux la villa imposante bâtie en bord de mer, tout illuminée, et la terrasse immense, magnifiquement décorée pour la réception.

Elle essaya d'imaginer la réaction des invités quand ils se rendraient compte que le couple de jeunes mariés s'était échappé. Resteraient-ils pour profiter du buffet somptueux dans ce décor de rêve ? Certains seraient contents d'échapper aux discours et aux toasts interminables. D'autres seraient déçus et s'inquiéteraient en se posant des questions.

Ce mariage tournait au désastre.

Quel terme avait employé Damen ? Farce ? Mascarade ?

Elle éprouva une pointe de culpabilité, mêlée à une vague angoisse. Quelle folie ! Tout s'était passé si vite qu'elle était dépassée par les événements. Alors qu'ils filaient à l'anglaise, elle n'avait aucune idée de l'endroit où ils allaient.

Le hors-bord ralentit pour contourner le cap, se dirigea vers un yacht imposant au mouillage dans la baie, et le moteur s'arrêta lorsqu'ils furent devant une échelle d'embarquement. L'équipage les attendait sur le pont.

— Enlevez vos chaussures, dit Damen. Vous ne pourrez jamais monter avec ces talons aiguilles ridicules. Combien de centimètres ?

— Ils sont beaucoup trop hauts, admit-elle en s'en débarrassant avec un soupir de soulagement.

Il la considéra d'un air perplexe.

— Votre robe ne va pas vous gêner ?

— Ai-je le choix ? À moins de l'enlever ?

— *Non*, grogna-t-il.

Elle se retint de rire.

— Je vais y arriver.

Le yacht des Dukas avait été conçu pour la femme de Kristopher, avec beaucoup de dorures, de tapisseries à fleurs et de bibelots encombrants. Sa décoration criarde révulsait Kassiani, qui n'avait jamais pris plaisir à partir avec ses parents. Depuis cette époque, elle détestait les yachts et les croisières.

Une fois montée à bord, elle retint son souffle en suivant un domestique dans un dédale de couloirs étroits et d'escaliers, sans savoir où on la conduisait. La chambre de maître, songea-t-elle quand la porte s'ouvrit sur une pièce vitrée qui donnait sur un pont privé. À l'horizon, on apercevait le temple de Poséidon superbement éclairé au crépuscule, avec ses colonnes majestueuses. Les ruines antiques, de toute beauté, l'attirèrent à l'extérieur.

De l'autre côté de la baie, une villa immense, dans

une oliveraie, rivalisait avec celle de Damen. Pour la première fois depuis son arrivée en Grèce, Kassiani éprouva une forte attirance pour ce pays. Était-ce l'appel du sang qui coulait dans ses veines ? Elle se sentait chez elle… Envahie par une émotion intense, elle porta une main sur son cœur.

— Pas de regrets ? demanda Damen par-derrière, de sa belle voix grave.

Elle se retourna en essayant de sourire, mais sans y parvenir.

— Je ne sais pas encore. En tout cas, la vue est magnifique.

Elle scruta son visage.

— Et vous ? Des remords ? Je ne suis pas celle que vous vouliez épouser.

— En effet, répliqua-t-il sans hésiter.

— Je ne vous blâme pas d'être déçu. Elexis est éblouissante.

— Elle ressemble à votre mère.

— Tandis que, moi, je tiens de mon père, observa Kassiani avec désinvolture.

En réalité, elle souffrait d'être considérée comme le mouton noir de la famille.

— Je n'avais pas choisi Elexis pour sa beauté, reprit Damen.

Elle n'en croyait pas un mot, mais sourit poliment.

— De toute façon, la question n'est plus à l'ordre du jour.

Il contempla le cap Sounion, avec les ruines du célèbre temple en marbre, bâti au Ve siècle avant notre ère, qui se détachaient fièrement sur l'horizon crépusculaire.

— Avait-elle vraiment l'intention de se marier avec moi ? demanda-t-il posément.

Kass inspira profondément.

— Je ne sais pas, répondit-elle très honnêtement. Elexis est assez énigmatique.

— C'est-à-dire ? Complexe ?

— Non. Elle est belle, c'est tout. On a du mal à deviner s'il y a quelque chose derrière les apparences.

Il haussa les épaules.

— Vous devez mourir de faim, à, l'heure qu'il est…

— Est-ce vraiment l'impression que je donne ?

Il la scruta attentivement.

— Je vais vous faire apporter un plateau.

— Et vous, vous ne mangez pas ?

— J'ai quelques affaires à régler.

Il ne voulait pas dîner avec elle, le soir de leurs noces… Elle n'allait pas se formaliser ni se vexer. Il avait été humilié. Il était normal qu'il veuille garder ses distances.

— D'accord. Un plateau sera parfait. Je peux manger dehors ?

— Bien sûr. Mon steward va dresser une table ici, sur le pont.

Elle n'eut pas le temps de dire merci, il avait déjà tourné les talons. Elle le regarda s'éloigner avec un nœud dans la gorge. Cela n'allait pas être facile.

Le bureau de Damen, à l'étage inférieur, était comme sa chambre, entièrement vitré d'un côté, avec une bibliothèque sur un autre pan de mur et de grandes œuvres d'art. Sa table de travail était disposée face au large. Contrairement à ses parents, paysans et terriens, il avait besoin de voir la mer et se sentait bien devant un horizon bleu et dégagé. Il pouvait alors se détendre et respirer.

Il se contenta d'avaler quelques bouchées, puis repoussa son assiette pour se concentrer sur les documents affichés sur l'écran d'ordinateur.

La signature des contrats remontait à trois ans, même si les négociations concernant la fusion Dukas et Alexopoulos avaient débuté cinq ans plus tôt, quand Elexis terminait ses études. C'était Kristopher qui avait approché Damen en suggérant une alliance entre les familles et les compagnies de navigation. Ensemble, ils formeraient un empire puissant qui contrôlerait toutes les routes maritimes à la surface du globe.

Au départ, Damen n'avait pas été tenté de donner suite, car Dukas ne jouissait pas d'une très bonne réputation. On lui reprochait parfois d'agir trop vite et de ne pas respecter ses engagements. Damen avait beau se montrer impitoyable en affaires, il était intègre et croyait à la parole donnée.

Néanmoins, quand Kristopher, deux ans plus tard, s'était tourné vers un autre armateur pour lui soumettre le même marché, Damen avait pris l'avion pour San Francisco afin de discuter des scénarios envisageables. Tous impliquaient le mariage avec Elexis.

Damen n'éprouvait rien de particulier à son égard. Elle représentait seulement un moyen pour parvenir à ses fins. Pourtant, quand il la rencontra et vit comment les gens réagissaient à son contact, il comprit qu'elle ne serait pas seulement une épouse et une mère de famille. Son aisance sociale serait un atout appréciable lorsqu'il recevrait des clients ou des relations d'affaires.

Pour Damen, l'amour n'entrait pas en ligne de compte. Jamais. Il savait simplement s'entourer des personnes qu'il lui fallait. Parmi celles-ci, très peu réussissaient à gagner son respect. Il ignorait la plupart des gens, son degré de tolérance pour les défauts d'autrui étant proche de zéro. Il accordait de la valeur à ceux qui lui étaient utiles, mais avec une froideur dénuée de sentiments. Pragmatique et stratège avant tout, il n'y voyait aucun mal.

Ces qualités lui avaient permis de s'élever rapidement dans l'échelle sociale, des oliveraies de Chios à la direction d'Aegean Shipping, qu'il avait rebaptisée Alexopoulos Shipping à la mort de M. Koumantaras. Les héritiers Koumantaras en voulaient au vieux patriarche d'avoir cédé le contrôle de sa compagnie à un outsider, mais Damen n'en éprouvait aucun remords. De toute manière, les enfants n'avaient aucune envie de reprendre les rênes et ne s'intéressaient qu'aux dividendes.

Un beau jour, Dukas Shipping subirait le même sort qu'Aegean Shipping. Le nom tomberait dans l'oubli quand la compagnie serait absorbée par celle de Damen Alexopoulos.

Damen referma son ordinateur pour regarder au-dehors. À minuit, l'éclairage du temple de Poséidon s'éteindrait, mais il n'était encore que 22 heures. Il étincelait dans la nuit.

Damen tapota du bout des doigts le bras de son fauteuil. Il en voulait terriblement à Kristopher Dukas de lui avoir joué ce mauvais tour. Il détestait être en colère, parce qu'il maîtrisait mal ses accès d'humeur. Il lui avait fallu des années pour apprendre à les dominer. L'épisode d'aujourd'hui mettait ses nerfs à rude épreuve. Il avait envie de se défouler.

Il songea à Kassiani, ferma les yeux et secoua la tête.

Il regrettait de ne pas lui avoir attribué une chambre d'amis. À l'écart.

Une crampe lui serra le ventre.

Il n'avait pas envie d'elle. Il ne voulait pas la blesser, mais elle ne correspondait en rien à la fiancée que Kristopher Dukas lui avait promise. Damen regrettait d'avoir investi autant d'argent pour renflouer Dukas Shipping. Le contrat était caduc.

Il annulerait le mariage.

Et invaliderait les transactions en cours.

Il avait déjà contacté son avocat. Il ne s'agissait plus que de ramener Kassiani Dukas à son père et d'entreprendre une action en justice.

Son repas terminé, Kassiani retourna à l'intérieur pour attendre le retour de Damen. Si toutefois il revenait.

Elle avait besoin de reprendre confiance avant la nuit qui s'annonçait. Tant que le mariage n'était pas consommé, Damen pouvait l'annuler, auquel cas les Dukas perdraient tout.

Kassiani n'était peut-être pas la fille chérie, mais elle était loyale envers sa famille et l'entreprise. Elle avait accepté d'épouser Damen pour sauver Dukas Shipping. Damen Alexopoulos avait le pouvoir de les détruire. S'il exigeait la restitution de ses subsides, la compagnie familiale courait à la faillite.

Ainsi que son père l'avait dit le matin même, il n'était pas en mesure de rembourser Damen.

Ce qui signifiait que Kassiani se devait de séduire Damen. À tout prix. Or, elle était vierge, sans aucune expérience. À ce jour, on ne l'avait embrassée qu'une seule fois, et l'expérience lui avait tellement déplu qu'elle n'avait jamais recommencé.

Le baiser de Damen à la sacristie, ce matin, l'avait davantage enthousiasmée. Un frisson délicieux l'avait parcourue, des pieds à la tête, et ses lèvres l'avaient picotée longtemps après. Elle était curieuse de découvrir d'autres sensations.

Kass manquait sérieusement d'informations sur les questions sexuelles.

Naturellement, elle avait des notions d'anatomie. On n'était plus au Moyen Âge et elle avait grandi avec un frère. Internet regorgeait de photos et de vidéos explicites.

Les hommes aimaient les strip-teases et les numéros érotiques, avec des femmes dociles, aguichantes. Kassiani s'imagina à genoux devant Damen, les mains sur ses cuisses, s'apprêtant à lui ôter son pantalon.

L'image la troubla. Une vague de chaleur l'envahit tandis que ses seins se gonflaient. Une boule de tension se noua dans son ventre, au-dessus des cuisses. Un mélange de nervosité et d'excitation l'assaillit. Son monde basculait. Arrivée à Athènes cinq jours plus tôt pour assister au mariage de sa sœur, elle l'avait remplacée à la demande de son père. Maintenant, au lieu de rentrer à San Francisco, elle resterait en Grèce.

Kassiani se regarda dans la glace. Elle portait toujours la robe de mariée d'Elexis. Les bandes de dentelle qu'on avait ajoutées pour l'élargir tiraient sur les coutures. Malgré les retouches et le corset, elle était à l'étroit et ne se trouvait guère à son avantage.

Kass aurait choisi un tout autre modèle pour son mariage. Beaucoup plus simple, en satin blanc, avec les épaules découvertes pour amincir la poitrine, et une jupe longue évasée à partir des hanches. Elle aurait évité les broderies de perles et la dentelle qui alourdissaient inutilement l'ensemble.

Kassiani toucha le bord du décolleté et suivit du bout des doigts les courbes de sa silhouette. Elle avait des seins plus que généreux et détestait ses hanches trop rondes, ainsi que ses cuisses et son ventre. Elle passait pourtant des heures à la salle de sport, sur le tapis de course, et marchait beaucoup dans l'espoir de s'affiner. Mais elle ne serait jamais mince comme sa sœur et sa mère.

Malgré tous ses efforts, son apparence physique ne changerait pas. Naturellement, son mari était déçu, ce qu'elle comprenait fort bien.

Saurait-elle le satisfaire ? Comment ?

Et si elle n'arrivait pas à éveiller son désir ?

Après s'être débarrassée de sa robe et de ses sous-vêtements, Kass attrapa son téléphone et entama des recherches sur la sexualité masculine. Tout en enlevant ses bas, elle trouva quelques sites intéressants, dont « Douze zones érogènes à connaître absolument ».

Nue, elle se dirigea vers la salle de bains en marbre attenante. Tout en faisant très attention à ne pas défaire son chignon élaboré, elle se frotta sous la douche chaude avec une mousse parfumée pour faire disparaître de sa peau les vilaines marques des sous-vêtements trop serrés. Puis, enveloppée dans une sortie de bain moelleuse, elle s'assit au bord de la baignoire en continuant sa lecture instructive.

Un coup frappé à la porte l'interrompit.

— Vous vous cachez, *mikri mou gynaika* ?

Elle manquait de pratique en grec, mais n'avait pas oublié le vocabulaire. « Ma petite femme »…

Elle éteignit son téléphone en sursautant.

— Non.

Kassiani ouvrit la porte en nouant la ceinture du peignoir.

— J'ai emprunté votre peignoir. Excusez-moi. J'ai oublié d'emporter des vêtements.

— Ni vous ni moi n'avions les idées claires en partant.

Il hésita, puis haussa les épaules.

— Cela ne marchera pas, entre nous. Je vais demander à un membre de l'équipage de trouver de quoi vous habiller. Ensuite, mon service de sécurité vous raccompagnera à la villa de Sounion.

— Je vous déçois tellement ?

— Non.

— Alors, pourquoi me renvoyer sans me donner ma chance ?

— Parce que j'étais fiancé à Elexis, pas à vous.

— Elexis est partie.

— Les sœurs Dukas ne sont pas interchangeables.

— Je ne suis pas assez belle ?

— Vous n'êtes pas assez dure, lança-t-il férocement.

Elle accusa le coup et il se radoucit un peu.

— Je voulais une femme pragmatique et endurcie, qui ne risquerait pas de souffrir à mes côtés. Je ne vous connais pas, Petra Kassiani, mais j'ai l'impression que vous êtes très sensible.

Elle rougit de honte. Il avait raison. D'ailleurs, elle détestait cet aspect de sa personnalité, car elle préférait infiniment l'intellect aux émotions.

— Je comprends le genre de mariage que vous souhaitez. Je ne vous demanderai rien de romantique, ni fleurs ni poésie…

— Pas de tendresse non plus ? Ni de patience et de gentillesse ?

— Je vous en crois incapable.

— En effet.

— Vous épousiez Elexis pour sauver Dukas Shipping de la faillite.

— Détrompez-vous. Tôt ou tard, j'aurais démantelé Dukas Shipping.

Elle écarquilla des yeux effarés.

— Je ne vous crois pas.

— Même si vous restez avec moi, Dukas Shipping n'existera plus d'ici cinq ans. La compagnie de votre père aura été absorbée par Alexopoulos Shipping, basée en mer Égée.

Elle le fixa avec une expression méfiante et sceptique.

— Est-ce une façon de m'obliger à choisir entre mon père et vous ?

— Je ne suis rien pour vous.

— Je vous ai épousé. Vous êtes mon mari.

— Vous ne me connaissez pas. Vous ne me devez rien.

— J'ai promis solennellement d'être une bonne épouse. J'ai l'intention de respecter mon serment.

— Même si je détruis ce qui reste de la compagnie de votre père ?

Elle prit le temps de réfléchir avant de formuler sa réponse.

— Il était prévu une alliance entre les deux familles en vue de fusionner les entreprises. C'est toujours le plus fort qui bénéficie de tels accords. Vous êtes le grand gagnant, de toute façon.

Il se détourna et sortit sur le pont pour réfléchir. Quoi qu'il décide, elle avait choisi son camp et le soutiendrait. Elle avait décidé de changer de vie et de changer de nom pour s'appeler Alexopoulos. Si elle commettait la moindre erreur, il la renverrait à son père et c'était la dernière chose qu'elle voulait.

Kassiani le suivit au-dehors. Des nuages masquaient à moitié la lune, jetant des ombres sur le pont. Elle distinguait mal le visage de Damen, mais il semblait inabordable.

— Damen.

— Laissez-moi. Vous m'empêchez de penser clairement.

La nuit avait fraîchi. Le vent se levait.

— Accordez-moi une chance, s'il vous plaît…

— Pour l'amour du ciel, Kassiani !

— Une chance. C'est tout ce que je demande.

— Pourquoi ?

— Je veux m'éloigner de ma famille…

— Vous ne serez pas heureuse avec moi.

— Je ne cherche pas à vivre un conte de fées. Je ne suis ni jolie ni populaire et je n'aime pas sortir. Je suis maladroite, mais j'ai l'esprit pratique. Vous épousiez ma sœur pour avoir des héritiers. Manifestement, elle n'est pas prête à être mère. Moi, si. Je veux des enfants et je saurai m'en occuper. Je m'efforcerai… de vous plaire. Et si, en dépit de ma bonne volonté, je n'y parviens pas, j'accepterai votre verdict et rentrerai chez moi. Mais je ne peux pas me résoudre à l'échec sans avoir au moins essayé…

— Il ne s'agit pas de vous, coupa-t-il sèchement. Votre père m'a manipulé…

— Vous avez obtenu tout ce que vous vouliez. Les ports, les bateaux, les marchés… Tout sauf Elexis. Puisque vous n'étiez pas amoureux, pourquoi refuser que je la remplace ? Parce que je ne suis pas jolie ?

— Non.

— Vous avez protesté trop vite, remarqua-t-elle avec un sourire forcé. Je ne vous crois pas. Mais cela ne fait rien. Je…

— Arrêtez, Kass !

Il l'agrippa par les épaules et la secoua.

— C'est de la folie ! Votre père vous a contrainte à ce mariage pour sauver sa peau, et j'ai trop d'honneur pour accepter une femme privée de sa liberté.

— C'est faux. Ce mariage m'offre une porte de sortie.

Elle éclata en larmes.

— Je hais l'existence que je mène dans la maison

de Nob Hill. Je me suis toujours sentie de trop dans ma propre famille, comme le vilain petit canard qui embarrasse tout le monde et qu'on met à l'écart. En vous épousant, j'échappe à mon triste sort. Vous m'offrez un nouveau départ.

— Vous ne serez pas plus heureuse avec moi.

Elle hésita, la gorge serrée.

— Je sais que je ne suis pas agréable à regarder…

— Dieu du ciel ! Ne dites pas cela ! C'est un pur mensonge et vous êtes trop intelligente pour proférer de telles absurdités.

Elle scruta son expression.

— Vous pourriez faire l'amour avec moi ?

— Kassiani.

— Vous n'arrivez pas à l'imaginer ?

— Ce n'est pas la question.

— Si. Si j'arrive à vous donner du plaisir, vous me garderez.

Elle lui lança un regard provocant, malgré les pleurs.

— D'accord, Damen Alexopoulos ? Je sais que vous aimez les défis.

— Celui-ci est terrible.

— Parce que, si vous perdez, vous êtes coincé avec moi ?

— Non, parce que, si vous perdez, vous serez effondrée et j'aurai l'impression d'être un abominable goujat.

— Je comprends vos objections. Je sais que vous n'avez ni désir ni élan envers moi. Mais l'histoire est pleine de mariages arrangés qui sont des réussites sur le plan des relations humaines. Pourquoi pas le nôtre ?

Comme il se taisait, elle poursuivit avec hardiesse.

— Donnez-moi jusqu'à l'aube. Si nous consommons notre mariage cette nuit, j'ai gagné. Dans le cas contraire, je serai perdante et retournerai à la villa dès demain matin.

Il soupira.

— Vous avez un plan, chérie ?

— Oui. Je vais vous séduire.

3.

Damen n'était pas venu dans la chambre pour faire l'amour à sa jeune épouse mais pour la renvoyer chez elle. C'était sans compter la détermination farouche de Kassiani, bien décidée à se battre pour ce mariage.

Quelle différence avec sa sœur ! Elexis, qui n'avait pas daigné rester jusqu'à la cérémonie, n'était même pas capable de tenir une conversation avec lui. Kassiani était au contraire intelligente, enflammée et *éloquente*. Elle aurait fait une excellente avocate et serait très convaincante dans un conseil d'administration.

C'était sans doute la raison pour laquelle il se trouvait encore là, assis dans un fauteuil en cuir devant Kassiani. Il lui avait demandé d'ôter les épingles de son chignon élaboré pour libérer ses cheveux.

Intrigué, il était curieux de ce qui allait suivre.

Assez gauchement, mais avec beaucoup d'application, elle commença à danser devant lui, pour lui. De temps à autre, un pan du peignoir s'ouvrait pour révéler la courbe d'un sein crémeux, un genou ou une cuisse.

Jusque-là, il ne lui avait prêté aucune attention. Ondulant des hanches, paupières mi-closes et bras en couronne, elle réussissait néanmoins à le captiver. Elle n'avait certainement jamais fait cela avant, ce qui rendait son entreprise d'autant plus attirante. Son désir s'éveilla malgré lui.

Tandis qu'il la contemplait en plissant les yeux, une douce chaleur coula dans ses veines. Il avait voulu se débarrasser d'elle une fois pour toutes… Maintenant, elle tentait de le séduire comme si sa vie en dépendait. Elle se comportait comme une favorite en disgrâce dans un harem, s'efforçant de regagner les faveurs du sultan.

Perversement, cette idée lui plut. Les seuls plaisirs et émotions qu'il s'octroyait, il les trouvait dans une sexualité dure et dominatrice, parfois jusqu'à la souffrance. Il n'avait pas toujours été ainsi. Il avait été… normal… autrefois.

Il avait été capable de sentiments et de tendresse. Mais cela lui avait été enlevé dans son adolescence, avec son orgueil. Il ne lui était resté que la honte et un horrible sentiment d'échec.

C'était pour cela qu'il avait voulu épouser Elexis. Elle était dure, comme lui. Il ne l'aurait pas détruite. Kassiani était… très différente.

Elle se baissa lentement devant lui pour s'accroupir à ses pieds et posa les mains sur ses genoux. Puis elle pencha la tête en arrière et le regarda.

Son expression dut l'encourager, car elle s'enhardit brusquement. Ses paumes à plat remontèrent vers ses hanches et redescendirent à l'intérieur des cuisses. Instantanément, le membre de Damen palpita. Le comportement de sa jeune épouse ingénue n'avait rien de virginal.

Il n'avait pas ressenti pareille excitation depuis très longtemps. D'habitude, cela se limitait à son érection, alors que ce soir une chaleur diffuse se répandait dans tout son corps.

Damen se cuirassa pour contrôler ses réactions.

Fasciné, il regarda les doigts de Kassiani descendre la fermeture Éclair de son pantalon et plonger à l'intérieur de son caleçon. Il avait envie de la guider, de lui expliquer comment le caresser. Pourtant, en même temps, il était curieux de voir comment elle s'y prendrait.

Elle enserra son sexe dans sa main et pencha la tête pour effleurer le gland de la pointe de la langue.

Il réprima un grognement de reconnaissance lorsqu'elle se mit à le lécher, comme elle l'aurait fait avec une glace ou un sucre d'orge.

Il s'empêcha de bouger les hanches. Il avait envie d'être entièrement dans sa bouche, de sentir la pression de ses doigts tout autour. Elle manquait un peu d'habileté et de savoir-faire. Malgré tout, ses gestes maladroits l'échauffaient et attisaient sa libido.

Elle faisait tellement d'efforts pour lui être agréable... Soit elle jouait parfaitement la comédie, soit elle y prenait un certain plaisir. Il n'avait tout simplement pas imaginé ce cas de figure. L'idée ne l'avait même pas effleuré qu'elle éprouve le moindre désir.

Il faillit exploser, mais se retint sans savoir pourquoi. Certainement pas par considération. Il était trop amer et désillusionné pour prêter la moindre attention à sa partenaire. L'ambition et l'égoïsme étaient son seul moteur, son unique motivation dans l'existence. Né dans une masure au milieu d'une oliveraie, il était parti de rien, littéralement, quand on l'avait contraint à quitter son île. Des gens riches, imbus de leur pouvoir, avaient cru disposer impunément de lui pour la seule et unique raison qu'ils avaient de l'argent.

Il s'était alors lancé à corps perdu dans le travail pour mettre le plus de distance possible entre lui et la victime qu'il avait été.

Après avoir touché le fond, il s'était interdit la faiblesse pour toujours.

La force, la puissance et la domination constituaient désormais son univers et son but.

Il avait décidé de fonder une famille pour se prouver qu'il avait définitivement vaincu le passé et qu'il serait capable de protéger les siens. Ses enfants fréquenteraient les meilleures écoles, connaîtraient le confort et la sécurité, et ne seraient jamais exploités. Il avait besoin d'une épouse qui les aimerait, car il était lui-même incapable de sentiments. Il n'y avait aucune place dans sa vie pour l'amour et les émotions.

S'il couchait avec Kassiani, ce serait purement et strictement par intérêt. Il fallait bien réfléchir avant. S'il prenait sa virginité et consommait le mariage, il n'y aurait plus de retour en arrière possible.

Le voulait-il ?

Il observa ses lèvres gonflées à travers ses paupières lourdes.

Même si elle n'était pas celle qu'il avait choisie, elle n'en était pas moins une fille Dukas, et ce mariage lui procurait ce qu'il voulait : l'accès aux ports de la côte ouest des États-Unis, la flotte de Dukas Shipping, tous les accords commerciaux.

Une part de lui-même souhaitait punir Kristopher Dukas de lui avoir joué un mauvais tour, mais cela, en fin de compte, le desservirait. Kassiani remplirait aussi bien son office qu'Elexis. Mieux, peut-être, car elle serait certainement une mère aimante pour leurs enfants.

À quoi bon réfléchir davantage ? Contrairement à ses habitudes, il essaierait de ne pas être trop brutal et d'avoir un minimum d'égards. La sexualité ne représentait pour lui qu'une manière de relâcher la tension. Après la jouissance, il ne ressentait généralement que du dégoût pour sa partenaire. Il ne l'avait jamais avoué à personne, mais il détestait qu'on le touche. Sa peau se hérissait instinctivement. Il devait toujours livrer bataille pour refouler le passé et empêcher les mauvais souvenirs de refaire surface.

Logique avec lui-même, il n'avait jamais eu de liaison sentimentale mais des maîtresses. Il avait choisi pour la même raison un mariage arrangé, dénué de toute considération affective.

Il évitait les drames à tout prix et se préservait soigneusement des émotions, surtout douloureuses. Damen ne se souvenait même pas de la dernière fois qu'il avait éprouvé de la tendresse. Pourtant, à la vue de la tête brune de Kassiani qui allait et venait, il se sentit curieusement vulnérable. L'idée lui traversa l'esprit qu'il ne la méritait pas. Pourquoi aurait-il accepté le sacrifice de l'agneau innocent ?

Elexis lui aurait tellement mieux convenu. Il se serait servi d'elle sans culpabilité ni remords.

Kassiani serait forcément meurtrie par sa nouvelle vie. Et par lui aussi, même si, ce soir, il la déflorait sans lui infliger trop de douleur physique. Elle avait été maltraitée par sa propre famille et il ne se conduisait guère mieux. Pourtant, elle ne lui en voudrait pas et serait peut-être même reconnaissante de récolter quelques miettes.

Cette pensée le révulsa.

Elle méritait tellement mieux. Elle avait beau être une Dukas, elle valait mieux qu'eux.

Tout à coup, Kassiani leva les yeux et croisa son regard. Quelque chose frémit en lui. Il n'arrivait pas à se détacher du spectacle qu'elle lui offrait, terriblement sexy et inattendu à la fois.

Il n'aurait pas dû autoriser sa virginale épouse à s'agenouiller devant lui dans cette posture. Alors qu'il n'avait pas encore pris de décision pour la suite. Il était idiot. Égoïste, sans cœur et cruel.

Et dans un état d'excitation complètement inhabituel.

— Tu n'es pas obligée de faire cela, maugréa-t-il en effleurant malgré lui sa joue avec son pouce.

Elle avait la peau incroyablement douce. L'intérieur de ses cuisses était-il aussi velouté ?

— Pourquoi ? répliqua-t-elle, mal assurée. Je le fais mal ?

Sa voix de gorge le fit frissonner, surtout quand elle accompagna sa question d'une caresse plus appuyée.

— Non, tu t'en sors très bien…

Elle esquissa un sourire et ses longs cils bruns voilèrent un instant l'éclat de satisfaction qui brillait dans ses yeux. Il n'avait pas vécu de scène aussi intensément érotique depuis longtemps.

— Je veux te faire jouir, chuchota-t-elle. Mais je m'y prends certainement mal, parce que je n'y arrive pas.

— Cela ne s'est pas encore produit pour la seule et unique raison que je me retiens.

Elle garda le silence pendant un long moment.

Puis elle se redressa avec une expression étonnée.

— Tu peux faire cela ?

— Et beaucoup d'autres choses.

Sa curiosité ingénue lui parut infiniment troublante et sensuelle.

— Montre-moi, dit-elle innocemment.

Il serra les mâchoires en s'efforçant de calmer sa respiration. Pourquoi mettait-elle ainsi à l'épreuve son self-control ? À vingt-trois ans, soit treize de moins que lui, elle semblait en ce moment posséder plus de pouvoir et d'expérience.

— Te montrer quoi, *gataki* ?

— Comment te donner tellement de plaisir que tu ne pourrais plus… te retenir.

— Tu te débrouilles très bien, pour une novice.

— C'est le genre de compliments qu'on fait à quelqu'un pour pardonner sa médiocrité. Je hais la médiocrité.

Il esquissa un sourire et prit son visage entre ses paumes pour l'embrasser, comme il aurait dû le faire dès le début. Elle se figea tout d'abord, puis se détendit et entrouvrit les lèvres.

Ce fut à cet instant précis qu'il cessa d'hésiter.

Dès qu'elle commença à s'abandonner, il sut qu'il la posséderait et la ferait sienne.

Dès lors, il n'y aurait plus de retour en arrière possible. Ni maintenant ni jamais.

Il prit sa bouche avec détermination, de la même manière qu'il prendrait son corps un peu plus tard. Il passa le bout de la langue sur ses lèvres avant de plonger pour explorer longuement l'intérieur, en cherchant le rythme qui jugulerait ses résistances.

Elle gémit doucement et couvrit ses mains avec les

siennes avant d'enserrer ses poignets. Mais pas pour le repousser. Au contraire, elle les pressait contre ses joues en appuyant de toutes ses forces.

Le sang battait sourdement contre les tempes de Damen et dans son sexe érigé. Un feu ardent coulait dans ses veines.

Il souleva Kassiani dans ses bras et la porta sur le lit. Allongée sur le dos, elle le fixa tandis qu'il dénouait la ceinture du peignoir, exposant ses courbes voluptueuses, les rondeurs de sa poitrine et de son ventre.

Elle avait une morphologie de rêve, avec la taille fine et des hanches généreuses, parfaites pour l'accueillir. Au lieu de la toison brune qu'il escomptait, il la découvrit soigneusement épilée.

Il devait se montrer doux et patient, attendre qu'elle soit prête à le recevoir. Il ne voulait pas lui faire de mal ou la brusquer. Elle n'avait aucune expérience.

— *Eíste ómorfoi*, murmura-t-il.

Oui, elle était jolie, avec les aréoles roses de sa poitrine qui contrastaient avec sa peau d'albâtre. Elle l'attirait infiniment.

Il se pencha pour embrasser ses seins tour à tour, d'abord en les effleurant à peine, puis en les prenant entre ses lèvres, comme elle avait fait tout à l'heure avec son sexe.

Elle poussa un gémissement en s'agrippant au matelas. Quand il accentua ses caresses, Kassiani poussa des petits cris de plaisir. Elle avait une peau délicieusement satinée, qu'il explora lentement en descendant vers son ventre.

Chacun de ses baisers était récompensé par une plainte ou un soupir. Il continua à l'embrasser, toujours plus bas, curieux de découvrir ses points sensibles.

Écartant une jambe, il s'allongea et appuya sa tête contre sa cuisse. Il voulait juste la regarder, contempler le secret de sa féminité. Il avait de plus en plus envie d'elle.

Kassiani soupira au contact des lèvres de Damen. Sa bouche décrivait des cercles de plus en plus petits autour de son clitoris et elle remua la tête de droite et de gauche sur l'oreiller.

Damen humait son parfum avec délice. Elle sentait bon le miel chauffé au soleil. Avant de la goûter et de la pénétrer, il était déterminé à attendre le plus longtemps possible.

Quand elle tressaillit sous son souffle et se mit à trembler, il suivit du bout de l'index le contour de ses lèvres.

— Pourquoi es-tu épilée ?

— On m'a dit que cela te plairait, répondit-elle d'un ton hésitant.

— Qui ?

Elle se mordit la lèvre tandis qu'il poursuivait son exploration, cette fois-ci avec la langue. Elle en avait la chair de poule.

— Tu as l'habitude de ce genre d'épilation ? reprit-il.

Pour toute réponse, elle enfouit les doigts dans ses cheveux.

— Hum ? insista-t-il.

Elle se mit à bouger les hanches quand il la goûta.

— Non, souffla-t-elle, étourdie par les sensations inouïes qu'elle découvrait.

— Cela te plaît, d'avoir la peau toute lisse à cet endroit ? demanda-t-il en intensifiant ses caresses.

— C'est différent…

Il glissa un doigt à l'intérieur de son sexe tout en continuant à sucer son clitoris, et un cri s'échappa de la gorge de Kassiani. Arquant les reins pour s'offrir davantage, elle succomba à un orgasme prodigieux. Il attendit quelques instants, le temps qu'elle recouvre son calme et sa respiration. Puis il écarta ses cuisses et plongea en elle pour la posséder totalement.

Kassiani ressentit une brûlure intense au moment où Damen la pénétra. Elle eut très mal. Mais la douleur, éphémère, diminua vite en intensité, cédant la place à des sensations nouvelles et surprenantes qui l'émerveillèrent.

Elle aimait sentir sur elle le poids de son corps. Elle aimait aussi le sentir à l'intérieur. Avant de bouger doucement, il s'immobilisa pour qu'elle s'accoutume à sa présence. Elle avait l'impression de manquer d'air et remplit ses poumons en inspirant profondément. Il lui était impossible de cacher son plaisir.

Elle vibrait littéralement des pieds à la tête. Fermant les yeux, elle s'abandonna à la tension qui montait. C'était tellement bon… Elle se remémora le contact de sa bouche et sa langue sur cette partie si intime de son anatomie. Que d'impressions bouleversantes !

Cette nuit était la plus incroyable de son existence.

Jamais elle ne l'oublierait. Damen jouait de son corps magnifiquement, comme d'un instrument de musique. Chaque mouvement touchait une nouvelle corde sensible, et elle se cambra pour mieux le recevoir. Un feu ardent la consumait tout entière. Jamais elle ne s'était sentie aussi vivante. Elle vibrait jusqu'au bout de ses terminaisons nerveuses.

Elle allait jouir une deuxième fois. Son plaisir s'intensifia jusqu'à un point presque douloureux. Au moment où il devenait presque insupportable, elle sombra dans une volupté ineffable, secouée par une série de spasmes violents et irrépressibles.

C'était une nuit de noces éblouissante.

Quand Damen s'effondra en poussant un cri guttural, elle comprit qu'il avait joui, lui aussi. Au bout de quelques minutes, il se retira et s'étendit sur le côté, mais en gardant un bras autour de sa taille.

Une grande paix envahit Kassiani. Après les vives appréhensions qu'elle avait éprouvées, tout lui semblait d'une beauté absolue. Pour une fois dans sa vie, tout était parfait.

Elle essaya de garder les yeux ouverts, mais l'épuisement

eut raison d'elle et elle s'endormit pelotonnée contre le torse de Damen, les jambes emmêlées dans les siennes.

Un peu plus tard dans la nuit, Damen roula jusqu'au bord du lit et se leva. Sans savoir pourquoi, elle faisait semblant de dormir, et elle entendit la porte de la chambre se refermer. Alors seulement, elle ouvrit les yeux. Par la grande porte-fenêtre, on apercevait le cap Sounion illuminé par le clair de lune.

Damen allait-il revenir ?

Tout ensommeillée, elle tenta d'analyser ses émotions. Il s'était passé tant de choses en l'espace d'une seule journée... Elle avait d'abord résisté à la demande extravagante de son père, qui voulait la substituer à Elexis. Puis elle avait accepté en prenant conscience des possibilités que ce mariage lui offrait. Elle quitterait enfin la demeure de Nob Hill, qui était comme une prison.

Ensuite, il avait fallu retoucher la robe de sa sœur et subir une longue séance de soins esthétiques et capillaires. Sans parler de la cérémonie elle-même.

Elle avait affronté la colère de Damen, la fuite en catimini pour échapper à la réception, l'arrivée sur le yacht... Et finalement la perte de sa virginité.

Elle se sentait encore un peu meurtrie, mais aussi réconfortée par une douce langueur qu'elle n'avait encore jamais éprouvée. Son initiation à la sexualité ne ressemblait pas du tout à ce qu'elle avait imaginé. L'acte physique qui les avait unis était... émouvant, important et lourd de sens.

Elle n'aurait su expliquer pourquoi, mais elle avait l'impression que Damen éprouvait le même sentiment.

4.

Damen quitta la chambre lambrissée d'acajou afin de régler quelques détails pratiques. Il fallait envoyer quelqu'un à la villa pour récupérer les bagages de Kassiani, et aussi modifier l'itinéraire du voyage de noces. Pour Elexis, il avait initialement prévu des escales de plusieurs jours à Mykonos puis à Santorin, deux îles qui regorgeaient de restaurants et de night-clubs à la mode, ainsi que de boutiques haut de gamme.

Damen ne connaissait pas encore très bien sa jeune épouse, mais il ne se trompait sûrement pas en imaginant qu'elle avait des centres d'intérêt très différents.

Après avoir discuté avec son capitaine, il fit quelques pas sur le pont supérieur. Il avait besoin de respirer de l'air frais et de goûter un moment de solitude.

Ses réactions physiques le surprenaient. D'ordinaire, après une nuit d'intense activité sexuelle, le désir avait totalement disparu et il n'éprouvait plus qu'une sensation de satiété proche de l'indifférence pour sa partenaire. Or, étonnamment, il avait encore envie de Kassiani, sa jeune et timide épouse qui se montrait bien peu farouche au lit. Il avait presque hâte de la rejoindre, de retrouver le contact de son corps voluptueux et d'en explorer tous les mystères.

En proie à une curieuse frustration, il se retira dans une chambre d'amis à l'écart, se déshabilla et prit une douche froide avant de se coucher. Il s'interdit de songer davantage à elle. Ce n'était pas normal. Il détestait perdre le contrôle de ses pensées. De toute manière, elle n'occuperait jamais qu'une place infime dans son univers.

Ils levèrent l'ancre un peu avant l'aube. Il faisait encore nuit lorsque le bruit des moteurs réveilla Kassiani. Ouvrant les yeux, elle tendit la main vers l'autre côté du lit, qui était vide et froid.

Damen n'était-il pas revenu du tout ?

Elle chercha son portable pour avoir l'heure, mais la batterie s'était déchargée pendant la nuit.

Elle resta immobile quelques minutes, à réfléchir à ce qui s'était passé entre eux, et se demanda si elle devait partir à sa recherche. Mais cela aurait semblé bizarre. Il était chez lui, à bord de ce yacht. Le léger tangage la berça et elle finit par se rendormir.

Quand elle se réveilla une deuxième fois, le soleil était haut dans le ciel et le plateau du petit déjeuner était posé sur une table basse à côté du lit, et un peignoir sur le dos d'une chaise. Quelqu'un avait aussi apporté ses bagages de la villa.

Kassiani enfila la robe de chambre en soie, dont le rose pâle était rehaussé de pivoines et d'oiseaux délicats peints à la main. Debout devant la glace, elle noua la ceinture en se désolant de n'avoir pas la taille plus fine. Elle n'aimait pas ses courbes généreuses, qui n'avaient pourtant pas semblé déplaire à Damen.

Malgré tout, il l'avait quittée avant la fin de la nuit. Comment interpréter cela ?

Comment avait-il vécu leur nuit de noces ? Était-il déçu ? Ou satisfait ?

Le café était encore chaud. Qui l'avait apporté ? Damen ? Non, probablement pas. En tout cas, il était délicieux, exactement comme elle l'aimait. Elle se rasséréna. Tout s'était bien passé. Damen s'était montré gentil et prévenant. Il n'y avait aucune raison de s'inquiéter. La situation était totalement nouvelle, voilà tout.

Pour se calmer, elle pratiqua quelques respirations de yoga, un procédé toujours très efficace pour juguler ses craintes ou ses appréhensions. Puis elle dégusta avec gourmandise un feuilleté *bougatsa* garni de crème pâtissière, tout en essayant d'imaginer comment elle allait passer sa première journée de femme mariée à Damen Michael Alexopoulos.

Damen avait suffisamment de travail pour s'occuper toute la journée, et même la soirée. Il décida de ne pas s'occuper de Kassiani. Puisque le mariage était consommé, ils partaient en croisière sur la mer Égée. Il aviserait plus tard.

Kassiani avait de quoi se distraire à bord. Quant à lui, il préférait garder ses distances pour l'instant. Il n'avait pas l'habitude d'être déstabilisé par une femme et avait besoin de recouvrer ses esprits. Il n'avait pas fermé l'œil de la nuit. Étrangement, tous ses sens restaient en éveil.

Aux prises avec une perplexité inaccoutumée, il s'interrogeait. Pourquoi son corps réagissait-il avec cette acuité ? Le sexe n'avait jamais provoqué chez lui aucun trouble ni aucune émotion. Alors qu'avec Kassiani il avait l'impression de découvrir une expérience nouvelle et fascinante, infiniment plus agréable qu'avec ses maîtresses les plus expertes.

La sexualité la plus crue, sauvage et débridée ne lui posait pas de problème, pourvu qu'elle se cantonne à la chambre et n'interfère pas avec le reste de son existence. Or, il n'arrivait pas à chasser Kassiani de ses pensées.

Elle l'obsédait et mettait ses nerfs à vif. Cette nuit, il avait livré une rude bataille contre lui-même pour s'empêcher de la rejoindre. Il avait terriblement envie d'entendre ses gémissements de plaisir, de la sentir s'arc-bouter à sa rencontre. Il voulait l'écraser sous le poids de son corps, s'enfoncer dans la moiteur tiède et veloutée de son sexe. Jusqu'à l'oubli.

Désorienté par la force de ses sensations, Damen faillit craquer à deux reprises. Des réminiscences d'un passé lointain le tourmentaient, réveillant des images importunes. Il revoyait les oliveraies de son île natale et se souvenait de l'adolescent d'autrefois, celui qui avait aimé follement avant de devenir un monstre.

Il frappa du poing contre le mur, violemment, pour refouler ses émotions. Il ne se laisserait pas happer par des souvenirs intempestifs. Si Kassiani avait le pouvoir de ranimer le passé, il fallait maîtriser leur relation avant que le monstre ne se réveille.

Finalement, la première journée de cette nouvelle vie de femme mariée s'avéra décevante.

Kassiani avait pourtant essayé de s'occuper et de rester positive. Elle avait nagé dans la piscine, pris un bain de soleil et fait une sieste d'une heure. Elle avait aussi choisi un livre dans la bibliothèque et regardé un film, tout en bénéficiant des soins attentifs d'un personnel stylé qui lui servait régulièrement repas et rafraîchissements.

Tout de même, à la fin du dîner, l'absence de son mari commença à lui peser. Elle se sentait découragée, et même trahie.

Damen ne s'était pas manifesté de la journée… Au moment de se coucher, elle éteignit la lumière et s'assit au bord du lit, dans le noir, l'esprit confus. La veille, elle s'était endormie près de lui avec une agréable sensation de sécurité. Loin d'avoir des regrets, elle avait éprouvé un soulagement presque joyeux. La découverte de l'amour physique l'avait éblouie.

Maintenant que la sensation de calme et de bien-être s'était dissipée, elle se sentait perdue.

L'intimité qu'ils avaient partagée lui avait procuré tant de plaisir… Pourquoi Damen l'évitait-il ? Ce ne pouvait être que délibéré.

Un homme comme Damen Alexopoulos ne laissait

rien au hasard. S'il n'avait pas pris la peine de lui adresser la parole alors qu'ils voyageaient ensemble sur le même bateau, c'était qu'il cherchait à lui transmettre un message. Il la remettait à sa place. Et sa place n'était pas à ses côtés.

Cela la rendait triste, surtout après la première nuit merveilleuse qu'elle avait vécue.

Mais, d'une certaine manière, elle comprenait. Les Grecs tenaient à asseoir leur autorité. Son père était ainsi. Damen s'était sans doute senti menacé par son entreprise de séduction pleine d'audace et il voulait rétablir sa domination. Elle était peut-être sa femme, mais pas son égale ni sa compagne.

Il ne la rejoindrait pas cette nuit. Il fallait imposer dès maintenant le schéma qu'il souhaitait donner à leur relation. Plus tôt Kassiani comprendrait qu'il voulait garder le contrôle, mieux cela vaudrait.

Malgré tout, dans la chambre d'amis où il s'était réfugié, puisqu'il ne disposait plus de la sienne, Damen ne parvenait pas à se détendre. Il pensait constamment à Kassiani. Il s'était senti si bien avec elle… Le seul souvenir de sa peau satinée et de son souffle rauque suffisait à l'exciter. Il avait besoin d'un exutoire. Elle ne se refuserait pas à lui s'il allait la retrouver. Elle l'accueillerait avec plaisir et ronronnerait comme un chaton.

Il repoussa cette solution de facilité qui risquait d'induire Kassiani en erreur. Elle s'imaginerait qu'il avait des sentiments, alors qu'il s'agissait seulement de sexe. Comme toutes les femmes, elle voudrait approfondir leur intimité et poserait toutes sortes de questions indiscrètes. C'était complètement exclu. Il valait mieux décevoir dès maintenant ses espoirs plutôt que s'exposer plus tard à des scènes mélodramatiques.

Kassiani venait juste de s'habiller quand on frappa à sa porte.

— Nous avons jeté l'ancre et M. Alexopoulos vous attend sur le pont, annonça un steward. Il vous conseille de prendre une veste.

Il baissa les yeux vers ses pieds.

— Il vous recommande aussi de mettre des chaussures confortables, mais vos sandales iront très bien.

Kassiani le suivit avec curiosité.

— Où sommes-nous ? demanda-t-elle.

— À Paros.

Un frisson la parcourut quand elle aperçut son mari accoudé au bastingage. Vêtu d'un bermuda kaki et d'un polo noir qui moulait son torse et ses biceps, il irradiait la puissance et l'autorité. Il était beaucoup trop beau pour elle…

— Nous allons à terre, annonça-t-il.

Il l'aida à monter dans un petit hors-bord arrimé au yacht. À son contact, elle éprouva comme une décharge électrique et le rouge lui monta aux joues.

Le bruit du moteur et le vent rendaient toute conversation impossible. Ils mirent le cap sur un village éclatant de blancheur, au fond de la baie.

— Nous passerons la matinée à Paros, expliqua Damen quand ils ralentirent pour accoster. C'est l'une de mes îles préférées, méconnue de la plupart des touristes, heureusement. Nous prendrons le petit déjeuner à Naoussa, le village de pêcheurs qui se trouve devant nous. Ensuite, nous nous promènerons et dégusterons un verre d'ouzo avant de retourner à bord.

Elle acquiesça sans mot dire. Sa peau bronzée et son allure sportive la fascinaient. Des fantasmes érotiques, à peine avouables, envahissaient son esprit égaré.

Quand ils accostèrent, il lui tendit la main pour monter à quai et garda ses doigts entrelacés avec les siens tandis qu'ils déambulaient dans les ruelles étroites, bordées de maisons blanchies à la chaux. Des bougainvillées magnifiques répandaient leur floraison pourpre sur les balcons et devant les porches.

Ils gravirent un sentier à flanc de colline jusqu'à une terrasse de café qui surplombait le port.

— Je comprends pourquoi il fallait des chaussures confortables, dit Kassiani en s'asseyant.

— Tu as mal aux pieds ?

— Non, pas du tout.

— On est vite récompensé de ses efforts en arrivant ici. La vue est splendide et on mange très bien.

Un serveur leur apporta des oranges pressées et du café et ils commandèrent des omelettes et du pain frais.

Des oliviers et des lauriers-roses égayaient le patio, dont les boiseries turquoise s'accordaient avec le bleu des tables et des chaises. On entendait des voix à l'intérieur, mais il n'y avait personne dehors.

— Nous sommes les seuls clients ? demanda Kassiani.

— J'ai téléphoné pour réserver la terrasse.

Elle se mit à rire.

— Pourquoi ? Tu as peur qu'on nous entende nous disputer ?

Il lui lança un regard surpris.

— Nous ne sommes pas fâchés.

— Comme tu as gardé tes distances, hier, je pensais que tu l'étais.

Il scruta longuement son expression, avant de détourner le regard.

— Non. Mais je suis habitué à mon indépendance. Il est bon que chacun de nous conserve un espace de liberté.

— Très bien. Je suis moi-même très indépendante, répliqua-t-elle en buvant une gorgée de jus d'orange. Mais, pour parler franchement, j'ai eu peur d'avoir fait quelque chose de travers ou de t'avoir déçu à cause de mon manque d'expérience.

— Il n'en est rien.

La réponse de Damen la laissa insatisfaite. Il s'était montré grossier et l'avait vexée. Elle ne s'attendait pas à être choyée et dorlotée, mais la lune de miel leur offrait tout de même l'occasion d'apprendre à se connaître.

— Ne t'ayant pas vu de la journée, il était normal que je me pose des questions, reprit-elle.

Il haussa les épaules avec désinvolture.

— J'ai passé une nuit de noces très agréable et j'espère qu'il en est de même pour toi.

Sa voix manquait trop de chaleur pour la convaincre.

— Je suis resté célibataire jusqu'à trente-six ans, ajouta-t-il abruptement. Je ne peux pas changer mes habitudes de vieux garçon. Nous ne nous verrons pas forcément tous les jours. Nous ne coucherons pas non plus ensemble toutes les nuits.

— Ah. *Coucher*, c'est un euphémisme pour faire l'amour ?

— Oui.

— Intéressant, railla-t-elle.

— Je t'avais prévenue, je ne suis pas tendre. J'ai voulu te protéger, mais tu n'as pas écouté mes mises en garde et tu as insisté pour te marier. Malheureusement pour toi, je suis réellement ainsi.

— C'est-à-dire ?

— Dur. Froid. Indifférent à autrui.

Sa gorge se serra, mais elle refusa de se laisser intimider.

— Tu ne t'es pas montré indifférent au lit.

Un lourd silence suivit. Puis Damen se pencha vers elle, jusqu'à se trouver si près qu'elle osait à peine respirer.

— Le sexe me procure mes seuls moments de détente. Je ne les apprécie que quand je suis en position de force et de domination. Cela peut aller très loin et je reste toujours maître du jeu. Cela m'excite.

Effectivement, il valait mieux éviter les oreilles indiscrètes autour d'eux…

Partagée entre la peur et la curiosité, Kass s'empourpra violemment.

— Tu me fascines ! s'écria-t-elle avec une assurance

qu'elle était bien loin de ressentir. Je vais découvrir tout un univers ! Peut-être le fouet et les menottes…

Damen repoussa sa tasse avec une expression incrédule. Kassiani le fixait avec de grands yeux candides et un gentil sourire. Mais, sous ses airs innocents, il commençait à découvrir une intelligence aiguisée et une colonne vertébrale d'acier.

— Ne sois pas trop impatiente, répondit-il sur le même ton d'arrogance tranquille.

Écarlate, elle soutint son regard sans broncher.

— Étant donné ton goût si marqué pour le sexe, pourquoi ne couches-tu pas avec moi pendant notre lune de miel ? Manifestement, je ne te plais pas.

— Si.

Il le lui aurait volontiers prouvé en retroussant sa petite robe bleu marine. Elle était à sa merci. Quand il voulait.

— Je n'ai pas besoin de sexe tous les jours, ajouta-t-il pour clore la discussion.

Curieusement, Kassiani insista.

— Et si j'ai juste envie de compagnie ?

Ses provocations l'agaçaient.

— Je dors toujours seul.

— Pourquoi ?

— Je préfère. C'est ainsi. Il n'y a rien à expliquer.

— Mais j'ai envie de te connaître, moi.

— Il n'y a rien à comprendre. Certaines semaines, nous coucherons ensemble plusieurs jours de suite. D'autres fois, pas du tout. Cela dépend de mon emploi du temps et de mon humeur.

— Je n'aurai jamais l'initiative ?

La scène de la veille se présenta brusquement à l'esprit de Damen. Kassiani avait fait preuve d'une audace incroyable…

— Je n'ai pas dit cela.

— Je pourrai prendre les devants, si j'ai envie de toi ?

L'aiguillon du désir le transperça sans crier gare. Il eut un mal fou à se contrôler.

— Tu n'auras pas envie tous les soirs. Tu viens juste de perdre ta virginité.

— Et si j'ai juste besoin de ta présence dans mon lit ?

— Ce n'est pas un mariage d'amour.

— Je ne parle pas de cela.

Damen n'avait pas l'habitude qu'on lui pose des questions et encore moins qu'on le défie. La hardiesse de Kassiani le stupéfiait. Qu'espérait-elle, avec cet interrogatoire ?

— Serais-tu une obsédée sexuelle ? lança-t-il en essayant délibérément de la choquer.

Il fallait lui démontrer dès maintenant qu'il ne servait à rien de discuter. Il était grec, autoritaire, conservateur, et voulait une épouse conventionnelle. Elle avait accepté les termes d'un mariage traditionnel et devait respecter son autorité.

Loin d'être choquée, elle continua à le provoquer avec insolence.

— Cela te déplairait, si j'en étais une ?

— Ne dis pas de bêtises, répliqua-t-il impatiemment. Tu étais encore vierge il y a deux jours.

— J'ai peut-être beaucoup de frustrations refoulées. Ou alors…

Elle marqua une pause en plissant le front d'un air songeur.

— Je suis sous le charme. N'ai-je pas le droit d'éprouver du désir ? Ne suis-je là que pour obéir à ton bon vouloir ?

Damen grinça des dents avec une exaspération difficilement maîtrisable. Kassiani le poussait dans ses retranchements. Déjà ! Le troisième jour de leur mariage…

— Tu ne respectes pas les règles, maugréa-t-il.

Elle haussa un sourcil ironique.

— Quelles règles ? Tu devrais dresser une liste, que je sois sur la même longueur d'onde.

— Tu n'es pas douce et docile comme je le croyais.

— Je n'ai jamais fait semblant de l'être. Je me suis

même battue pour te conquérir, au cas où tu ne te rappellerais pas.

Elle avait raison, ce qui l'irrita encore davantage.

— Ne me pousse pas à bout.

— Il est temps que je sache exactement ce que tu attends de moi.

— Je ne veux pas d'une femme qui me harcèle, dit-il avec une colère grandissante.

Elle éclata de rire, très fort. Puis elle se couvrit la bouche d'un air faussement contrit.

— Pardon. J'essaierai de ne pas rire, à l'avenir.

— S'il te plaît.

— Donc je ne dois ni rire ni parler… Juste obéir.

— Tu commences enfin à comprendre, marmonna-t-il.

Elle croisa les jambes et lissa sagement le bas de sa robe. Puis elle leva vers lui un regard attentif, où ne subsistait plus qu'une petite lueur d'amusement.

— Je t'écoute.

Des paillettes d'or scintillaient dans ses beaux yeux noisette et sur ses cheveux bruns. Son tempérament de feu époustouflait Damen. L'alliance de sa force de caractère avec sa nature voluptueuse le faisait penser aux veines de minerai de cuivre dans un roc de granit. Il n'avait jamais rencontré une femme comme elle.

— Je ne recherche pas une amie, commença-t-il sèchement. Ni une compagne. Je vis exclusivement pour mon travail. Quand j'ai besoin de quelqu'un ou de quelque chose, j'ai les moyens de me l'offrir. Après satisfaction, je suis content de me retrouver seul.

Il se tut, et le silence s'éternisa. Finalement, Kassiani hocha brièvement la tête, avec une expression parfaitement neutre, sans paraître le moins du monde offusquée.

On leur apporta leur omelette avec des tomates, des olives et de la feta. Ils mangèrent sans parler et burent leur café. Ce fut seulement au moment où Damen paya l'addition que Kassiani s'adressa de nouveau à lui.

— J'espère que je comprendrai le signal le jour où

tu daigneras me prêter attention. Je ne voudrais surtout pas m'imposer et t'embarrasser inutilement. Je tâcherai de rester cachée, hors de ta vue.

— Ce n'est pas ce que j'ai dit.

— Ah bon ? C'est ce que j'ai compris, en tout cas. Je dois être docile, autonome mais disponible à tout moment et à ton service.

5.

Elle fut soulagée de quitter le restaurant et de bouger, même si elle ne savait pas où ils allaient. Damen marchait devant et elle le suivit. Elle n'avait pas envie de parler, mais ne pouvait pas lui fausser compagnie. Elle ne connaissait pas les lieux et n'avait pas d'argent.

Une voiture les attendait au bord de la route. Damen lui ouvrit la portière et s'installa à côté d'elle. Ses yeux la piquaient et elle avait le sang à la tête. En fait, elle était… furieuse. Elle trouvait son père méchant et égoïste. Mais, comparé à Damen, c'était un saint.

Elle bouillait toujours de colère quand Damen pointa le doigt sur l'horizon.

— La route byzantine. C'est un chemin dallé de marbre qui relie Prodromos et Lefkès. Mais nous allons à Parikia, la ville principale de l'île, où se trouvent plusieurs sites intéressants, une cathédrale, un château vénitien du XIIIe siècle et le musée archéologique de Paros. Il y a aussi un vieux cimetière qui m'a toujours attiré, je ne sais pas pourquoi.

Kassiani fit un effort pour se concentrer sur les attractions touristiques. En fait, elle ne leur trouva rien d'extraordinaire. Même le musée était minuscule.

En fin d'après-midi, pendant qu'ils dégustaient un ouzo dans la *taverna* du port, elle observa pensivement le village de pêcheurs, avec ses jolis volets peints en bleu.

— C'est un endroit charmant, mais je deviendrais

folle si je vivais ici, dit-elle à Damen. Je m'ennuierais à mourir. J'ai trop l'habitude de la ville.

— Comment occupais-tu tes journées, à San Francisco ?

— Je visitais des expositions, j'allais à la bibliothèque, je me promenais sur les quais. Je lisais sur un banc à Golden Gate Park.

— Avec qui ?

— Toute seule.

— Tu avais sûrement des amis.

— Pas vraiment.

— Pourquoi ?

— Je suis comme toi, solitaire. J'aime ma propre compagnie.

— Pourtant, tu as mal pris que je te laisse seule, hier.

— J'aurais aimé être rassurée après notre nuit de noces. Mais je ne vais pas ressasser des regrets.

— Je ne voulais pas te blesser. Malgré tout…

Il s'interrompit en secouant la tête.

— Ne nous disputons pas.

Elle non plus ne voulait pas se quereller avec lui, mais elle avait envie de le comprendre.

— On peut essayer de clarifier les choses sans se disputer.

Il prit son menton entre le pouce et l'index pour l'obliger à le regarder.

— Je ne supporte pas les conflits.

Elle frémit au contact de ses doigts sur sa peau, et sa voix grave et virile fit naître un frisson qui courut tout le long de sa colonne vertébrale.

— D'où tiens-tu cette soif insatiable de domination ? De ton ascendance grecque ?

— Toi, chaton, tu n'es ni obéissante ni très commode.

— Désolée de ne pas te satisfaire.

Le regard argenté de Damen se réchauffa.

— Tu peux t'améliorer.

— Tu devrais me donner des conseils, répliqua-t-elle du tac au tac.

— Peut-être.

La vague promesse contenue dans ce mot fit battre le cœur de Kassiani. Elle se liquéfia à l'intérieur et serra les genoux.

— Une novice comme moi a besoin d'être guidée. Si tu n'as pas le temps de t'occuper de moi, il faut engager un coach pour m'apprendre à devenir une femme accomplie. Je…

Il la bâillonna pour interrompre le flot de paroles et se pencha vers son oreille.

— Retournons au bateau. Le moment est venu de parfaire ton éducation.

Le hors-bord les attendait au port. Le capitaine du yacht avait également fait le tour de l'île pour mouiller devant Parikia.

Le cœur de Kassiani battait à tout rompre tandis que les mots de Damen résonnaient dans son esprit.

« Le moment est venu de parfaire ton éducation. »

— Je me suis attiré des ennuis ? demanda-t-elle quand Damen la tira par la main pour l'emmener dans la chambre de maître.

— Tu as peur d'être punie ?

— Je suis un peu nerveuse, confessa-t-elle.

Il la plaqua contre la porte.

— Bien.

Il l'embrassa avec une ardeur impétueuse et elle se mit à trembler. Sa rencontre avec cet homme était sans nul doute la chose la plus excitante de toute sa vie. Quand il se redressa, la tête lui tournait. En plus du vertige, elle avait l'impression que de l'hydromel coulait dans ses veines.

— Tu vas m'écouter et faire exactement ce que je dis sans discuter.

Elle battit des cils.

— Cela t'excite ?

Il effleura sa tempe d'un baiser.

— Oui. Et toi aussi, il me semble.

Il tourna la poignée si brusquement qu'elle faillit tomber à la renverse. Il la rattrapa par le coude, entra avec elle et tourna la clé dans la serrure.

Elle inspira profondément en entendant le cliquetis et, presque aussitôt, la voix impérieuse de Damen.

— Enlève ta robe. Je veux te regarder.

Le rouge aux joues, elle se dirigea vers les fenêtres.

— Qu'est-ce que tu fais ?

— Je tire les rideaux.

— Pourquoi ?

— On pourrait me voir.

Il éclata de rire.

Elle n'avait pas peur. Des picotements de désir couraient sur sa peau et une impatience fébrile l'étreignait. Tout était très nouveau et elle ne pouvait pas s'empêcher d'éprouver une certaine réserve.

— Tu n'étais pas timide, l'autre soir. Pourquoi l'es-tu aujourd'hui ?

— Il faisait nuit.

— Je préfère le jour.

L'air lui manqua. Elle lutta pour maîtriser ses émotions.

— Je ne suis pas Elexis.

— Ah bon ? Quelle surprise !

— Je suis sérieuse.

— Moi aussi. Enlève ta robe, Petra Kassiani. Ton mari s'impatiente.

Ses yeux la brûlaient et elle avait la gorge sèche. Ses rondeurs ne lui plairaient pas. Rien ne la protégerait contre son mépris. Mais cela ne servirait à rien de fondre en larmes. Il valait mieux en finir le plus vite possible. Qu'il voie qui il avait épousé. Rassemblant son courage, elle attrapa le bas de sa robe pour la passer par-dessus sa tête avant de la laisser tomber par terre.

Son soutien-gorge avait de larges bretelles pour sa poitrine généreuse. Au moins, la culotte assortie, en dentelle, avait une coupe échancrée qui amincissait les hanches.

Elle garda la tête haute pendant qu'il contemplait sa silhouette à la lumière du soleil. Ses kilos superflus l'embarrassaient. Elle avait beau pratiquer l'exercice physique, rien n'y faisait. Elle n'avait qu'une envie, enfiler un peignoir pour dissimuler ses formes. Néanmoins, elle se prêta au jeu sans montrer combien cela lui était difficile.

Elle voulait à tout prix que leur relation fonctionne. Grâce à son mariage, elle entrait en possession d'un fonds de placement que la sœur aînée de son père avait constitué à son intention. Restée célibataire, sa tante Calista trouvait que Kassiani lui ressemblait. N'ayant pas eu une vie heureuse, elle voulait affranchir sa nièce de sa famille et garantir son indépendance économique. Elle avait pris ses dispositions pour que Kassiani hérite de cet argent à l'âge de vingt-cinq ans ou le jour de son mariage.

Mais Kassiani voulait des enfants. Elle n'avait pas épousé Damen avec l'intention de divorcer une fois assurée son indépendance financière. Elle souhaitait donc ardemment correspondre à l'image que Damen se faisait de l'épouse idéale. Après avoir vécu dans l'ombre pendant vingt-trois ans, elle en avait assez d'être invisible.

— Tu es belle, déclara Damen abruptement, rompant enfin le silence.

— Non…

— Si. Je ne le dirais pas, autrement.

Il s'assit au bord du lit et continua à la regarder à travers ses paupières mi-closes.

— Enlève ton soutien-gorge.

Elle obtempéra en rougissant.

— Ta culotte, maintenant.

— Tu ne me facilites pas les choses, remarqua-t-elle.

— Tant mieux. L'expérience n'en est que plus intéressante.

— Pourquoi aimes-tu dominer ? demanda-t-elle en s'exécutant.

— Pourquoi aimes-tu être dominée ?

— C'est faux.

— Non, et je vais t'expliquer pourquoi c'est la vérité. Tu es intelligente, infiniment plus que les autres membres de ta famille, qui sont tous très prévisibles. Jusqu'ici, ton existence se déroulait sans surprise. Cela vient juste de changer, et cela te plaît.

Son intuition la médusa.

— Tu dis cela à toutes les femmes ?

— Non. Tu ne ressembles à aucune de celles que j'ai connues.

— Tu le regrettes ?

— Au contraire. C'est bien. Maintenant, touche-toi. Caresse-toi les seins.

Cramoisie, elle se raidit et croisa les bras.

— Je ne peux pas faire cela.

— Pourquoi ?

— C'est… bizarre. Gênant.

— Mais agréable, non ?

— Mes seins sont trop gros…

— Ils sont parfaits. Si tu es nerveuse parce que tu es nue, et moi, habillé, je vais remédier à la situation. Nous serons à égalité.

Joignant le geste à la parole, il se leva et se débarrassa de son polo, de son bermuda et de son caleçon.

Elle s'étrangla à la vue de son érection. Sans la moindre gêne, il enserra son membre au creux de sa paume et remonta sur toute la longueur. Fatalement, des images suggestives s'emparèrent de Kassiani. Grâce à Damen, elle avait découvert des endroits de son anatomie encore inconnus et mystérieux jusque-là.

— À présent, touche-toi, répéta-t-il en s'asseyant au bord du lit, les cuisses écartées.

Tout son corps était bronzé, sans aucune marque. La bouche sèche, elle vacilla.

— Comment se fait-il qu'une jeune personne vive et intelligente comme toi ne soit pas capable d'obéir à des instructions aussi simples ? reprit-il avec une pointe d'amusement.

Cramoisie, elle poussa un soupir contraint.

— Je ne peux pas.

— Tu te comporterais autrement si tu savais à quoi tu t'exposes en me désobéissant.

— C'est-à-dire ?

— Je vais t'attacher nue et te laisser toute la journée…

— Tu n'oserais pas.

— Ou te caresser, mais sans te faire jouir.

Il s'interrompit un instant.

— À moins que tu préfères la fessée ?

Kassiani serra les cuisses.

— Si je t'obéis, est-ce que tu me feras l'amour comme l'autre nuit ? J'ai adoré cela.

— Tu devrais être fière de ton corps. Tu es belle.

— Je suis trop grosse…

— Pourquoi les femmes s'imaginent-elles que les hommes préfèrent les maigres ? Je te trouve magnifique.

— Vraiment ?

— Tu me plais tellement que tu occupes toutes mes pensées. Je n'arrive pas à me concentrer. J'ai constamment envie d'être en toi et de te faire jouir.

Elle baissa la tête timidement, mais avec un délicieux sentiment de victoire.

— Moi aussi, murmura-t-elle.

— Donc mon chaton est une obsédée sexuelle.

— Peut-être, bredouilla-t-elle en levant les yeux. En tout cas, j'ai terriblement envie de toi.

— Alors assez parlé.

Résolument, il alla la chercher et la porta jusqu'au lit. Puis il écarta largement ses jambes pour la regarder et glissa un doigt entre les lèvres gonflées de son sexe.

— Tu es prête pour moi, chuchota-t-il tout bas en la caressant.

Elle arqua les hanches à sa rencontre. L'instant d'après, il était en elle, et une connexion incroyable s'établit mystérieusement entre leurs êtres.

Avec un besoin irrépressible de le retenir le plus longtemps possible, elle noua les bras autour de son cou pour le serrer davantage, s'enivrer de son odeur et de son contact.

Il disait être insensible, mais c'était faux. Damen prétendait être dénué d'émotions, mais les actes parlaient plus fort que les mots. Quand il l'embrassait, une douce chaleur protectrice l'enveloppait tout entière, comme si elle n'appartenait qu'à lui.

Étrangement, Kassiani avait l'impression d'être légitime à la place de sa sœur. Elexis ne l'aurait jamais compris, alors qu'elle-même aimait les énigmes et les défis. Elle savait lire entre les lignes et deviner le non-dit. Des moments comme celui-ci touchaient à la perfection.

Pour la première fois de sa vie, Kassiani se sentait à sa place.

Elle parvint au paroxysme en même temps que Damen et l'accepta sans réserve, tel qu'il était, avec tout ce qu'il pouvait lui donner. Elle était sienne.

Plusieurs minutes s'écoulèrent, pendant lesquelles Kassiani reprit lentement son souffle. L'esprit encore embrumé, elle avait la sensation de flotter.

Leur nuit de noces lui avait apporté infiniment de plaisir, mais cet orgasme révolutionnait son existence. Elle aimait être avec lui, même lorsqu'il la mettait en difficulté. Il était le premier à lui lancer des défis.

Damen roula sur le dos, l'attirant contre son corps encore moite. La joue contre son torse, elle huma son odeur virile et épicée. Il lui faudrait se montrer prudente. Face à lui, elle était vulnérable et avait besoin de protéger son cœur.

— Comment te sens-tu ? demanda-t-il.

— Bien…

Immensément heureuse, en fait. Elle avait de la

chance d'avoir un mari aussi doué pour les affaires que bon amant. Elle eut envie de ronronner pendant qu'il lui caressait le dos.

— Je suis désolé que ta famille t'ait traitée aussi mal. J'en veux à ton père.

Elle lui sourit et tendit le cou pour l'embrasser.

— Personne n'a jamais pris ma défense. Merci de t'ériger en protecteur.

— Je ne suis pas un héros.

— Non, plutôt un voyou, mais tellement beau que je suis sous le charme.

— Tu n'en finis pas de me surprendre !

— En bien, j'espère.

Il passa les doigts dans ses cheveux et s'écarta brusquement.

— Désolé, mais je dois te quitter.

— Pourquoi ?

— Je n'ai pas travaillé de la journée. J'ai sûrement des douzaines de mails qui réclament mon attention.

— Reste un peu avec moi. S'il te plaît.

Il se crispa aussitôt, mais elle insista.

— Il y a tant de choses que j'aimerais savoir. Sur ton travail, ta famille, ton adolescence…

— Il me faudrait beaucoup de temps pour te raconter tout cela.

— C'est vrai. Alors juste une question, pour le moment. As-tu déjà été amoureux ?

Il hésita.

— Non.

— Tu n'es pas très convaincant.

Il ne répondit pas.

— Donc c'est oui, insista-t-elle.

Il se redressa et s'assit au bord du lit.

— Moins tu en sauras sur moi, mieux cela vaudra. Tu serais déçue, sinon. J'ai réussi dans la vie parce que je suis déterminé, impitoyable et totalement indifférent au jugement d'autrui.

— C'est certainement essentiel dans le monde des affaires.

— Je suis pareil en privé. Je ne suis pas un homme à facettes. Je suis froid, insensible, implacable, dans tous les domaines.

Elle réfléchit un moment.

— Si c'était vrai, tu ne serais pas aussi attentionné avec moi.

— Uniquement au lit.

— Sur l'île aussi, aujourd'hui.

— N'y attache pas trop d'importance.

— Personne n'a jamais été aussi prévenant avec moi.

Damen se pencha pour la prendre dans ses bras.

— Ne dis pas des choses pareilles. Je vais encore plus détester ta famille.

Elle tendit la main vers son front pour lisser une mèche brune vers l'arrière.

— La haine ne mène à rien, Damen.

— C'est un moteur puissant.

— Tu n'as pas besoin de cela.

Il la scruta intensément.

— De quoi ai-je besoin, madame Je-sais-tout ?

— D'être heureux, tout simplement ?

— Tu l'es, toi, heureuse ?

— Plus que je ne l'ai été depuis longtemps.

— Parce que tu es loin de ta famille ?

— Parce que je suis avec toi.

Avec une exclamation incrédule, il bondit hors du lit.

— Ne me prends pas pour un idiot.

— Je n'ai pas le droit de me sentir bien avec toi ?

— Nous n'avons pas fait un mariage d'amour…

— Je sais, coupa-t-elle, irritée, pendant qu'il se rhabillait. Il n'est pas question de cela. Tu te conduis parfois d'une manière ridicule, comme maintenant. Tu me plais quand même.

— Ce n'est pas dans notre contrat.

— Désolée.

— Pourquoi souris-tu ?

— Je te trouve beau.

Il poussa un grognement de frustration, avec une expression curieusement torturée.

— Cesse de t'illusionner. Tu es une femme intelligente. Tu devrais savoir que le bonheur n'existe pas. C'est un mythe, un rêve, du domaine de l'imaginaire.

6.

Damen avait passé la journée entière avec Kassiani. Jamais il n'avait consacré autant de temps à personne, encore moins à une femme. Et il avait apprécié chaque instant, sauf les quelques minutes où elle avait essayé de le convaincre qu'il était une bonne personne. Il savait parfaitement à quoi s'en tenir sur lui-même.

Kassiani était une révélation.

La fille cadette de Kristopher Dukas était pratiquement une inconnue lorsqu'il l'avait épousée. C'était une figure assez mystérieuse, que son père présentait comme une excentrique et qu'il n'exhibait pas lors des mondanités, à la différence d'Elexis et Barnabas. Les Dukas l'ignoraient parce qu'elle n'était pas comme eux, égoïste et superficielle. Elle n'utilisait pas les autres. Elle faisait attention à eux.

Sa famille lui avait causé beaucoup de tort et elle méritait mieux. Elle s'imaginait qu'elle avait un physique ingrat et manquait cruellement d'estime d'elle-même.

C'était dommage.

Damen ne savait pas trop comment s'y prendre pour lui donner confiance en elle. Un peu de patience aiderait peut-être. Mais la gentillesse n'était pas son fort.

Si Kass fut surprise de le voir sur le pont avant le dîner, elle n'en montra rien.

— Quelle vue magnifique !

— C'est Mykonos.

— Tu devais venir là avec Elexis, non ?

— Oui.

— Nous descendons à terre ?

— Non. Je ne veux pas t'emmener là où j'avais prévu d'aller avec Elexis.

— De toute façon, je connais déjà et ce n'est pas mon île préférée.

— Laquelle est-ce ? Laisse-moi deviner. Santorin ?

— Ce n'est pas très original, admit-elle avec un sourire.

— Mais l'endroit est très pittoresque.

Il marqua une pause.

— Comment es-tu au courant du programme que j'avais prévu pour Elexis ?

— Elle m'avait demandé de jeter un œil sur l'itinéraire. Pour être sûre que cela lui plairait.

— Tu l'as fait ?

Elle haussa les épaules.

— Pour m'occuper.

— Tu aimes te rendre utile.

— Oui. C'est frustrant, d'avoir fait des études supérieures et de rester à la maison. Mon père refuse que je gagne ma vie.

— Tu n'as jamais travaillé ?

— Non, juste du bénévolat.

— Et ton frère et ta sœur ?

— Pareil. Barnabas devait travailler avec papa après l'université. Mais il n'a jamais obtenu son diplôme.

— De quoi vit-il ?

— Papa lui verse une allocation mensuelle.

— À vingt-huit ans !

— Papa a peur qu'ils coupent les ponts s'il ne leur donne plus d'argent.

— Toi aussi, tu touches une allocation ?

— Non. Moi, je suis juste nourrie et logée.

— Pourquoi une telle disparité entre vous ?

— Barnabas et Elexis disent à papa ce qu'il veut entendre. Pas moi.

— Plus précisément ?

— Je pense que les Dukas ne devraient pas vivre aux crochets de la compagnie. Dukas Shipping n'a pas à entretenir des parasites qui se complaisent dans l'oisiveté.

Damen haussa les sourcils.

— Il ne doit pas apprécier ton point de vue.

— Pas du tout. Mais j'aurais tort de me taire alors que l'avenir de l'entreprise est en jeu.

— Je redresserai la situation quand je prendrai le contrôle.

— Tu vas démettre mon père de ses responsabilités ?

— Il ne les exerce plus très activement depuis des années, de toute manière. Cela t'ennuie, que je prenne la relève ?

— Je suis soulagée, au contraire. C'est juste…

Elle soupira.

— Peu importe.

Il étudia son profil quand elle se détourna. Un beau profil de déesse grecque.

— À quoi penses-tu ? demanda-t-il paisiblement.

Elle pinça les lèvres.

— Si j'étais un garçon, il m'aurait ménagé une place à ses côtés. Une fille ne peut que le décevoir. C'est un sacré désavantage.

Un steward interrompit leur conversation en apportant un seau à glace avec une bouteille de champagne.

— Nous n'avons pas célébré comme il se doit notre nuit de noces, dit Damen en lui tendant une flûte. *Stin ygeia sou !* À ta santé.

— *Yamas*, répondit-elle. À *notre* santé.

Au moment où elle porta le verre à ses lèvres, un désir intense transperça Damen. Il ne comprenait pas pourquoi elle le fascinait à ce point. Il avait un mal fou à garder ses distances. Sa sensualité naturelle le captivait.

— Tu as dit d'autres choses désagréables à ton père ? demanda-t-il, revenant à leur conversation.

— Oui. Dukas Shipping valait beaucoup plus il y a cinq ans, quand il t'a contacté. Il a entamé le capital. Du coup, tu hérites d'une situation très désavantageuse. À la place de la beauté Dukas, tu as le vilain petit canard *et* une compagnie au bord de la faillite.

— Tu voulais travailler pour lui ?

— Désespérément. J'ai essayé pendant des années de l'amadouer. J'aurais accepté de ne pas être payée, comme une stagiaire. Je voulais juste apprendre les ficelles du métier.

— Tu as étudié le droit des affaires à Stanford, n'est-ce pas ?

— Oui.

— C'est un domaine ardu.

— Je n'ai pas eu de difficultés. Je lis vite et j'ai une excellente mémoire.

— Il y a deux ans que tu as quitté l'université ?

— Quatre. Je suis rentrée à Stanford à seize ans et j'ai passé une double licence en trois ans.

— Aux États-Unis, on commence des études supérieures à… dix-huit ans, non ? lança Damen, déconcerté.

— J'apprends vite. La charge de travail n'est pas un problème pour moi.

Elle fit la grimace.

— Mes facilités sont autant une bénédiction qu'une calamité.

— Tu es surdouée ?

— Oui. Mais je le regrette. Ma mère, qui n'était pas une intellectuelle, avait l'habitude de dire que les femmes trop intelligentes, qui contestaient l'ordre établi, avaient tort de rivaliser avec les hommes. Selon elle, la beauté d'une femme est sa plus grande force, et le savoir-vivre, son meilleur atout.

— Grands dieux ! Elle n'était pas féministe.

— Non ! En revanche, j'ai une tante très brillante qui a reçu une éducation grecque traditionnelle et est restée célibataire. Je crois qu'elle s'est un peu reconnue en moi et a voulu assurer… mon indépendance en me léguant un capital.

— En tout cas, je comprends pourquoi ton père adorait ta mère. Les hommes grecs veulent être au centre du monde.

— Oui, je sais.

L'amertume de Kassiani touchait Damen. Elle le surprenait constamment.

— Pour mes parents, je suis un échec, ajouta Kassiani. Non seulement je manque de charme, mais je suis inadaptée socialement.

— Tu te sentais mal à l'aise à Stanford ?

— Non. J'ai adoré l'université. Certains environnements me conviennent, mais pas d'autres, comme les fêtes ou les soirées mondaines. Je déteste les papotages et la mode. Je suis certainement la femme la moins bien habillée que tu connaîtras jamais…

— Je t'arrête tout de suite. Ma mère te bat. Elle ne porte que des tabliers et des savates.

Kassiani éclata de rire, pour le plus grand plaisir de Damen, content d'avoir dissipé sa morosité. Pourquoi son père l'avait-il traitée d'une manière aussi mesquine ? Pourquoi ses parents l'avaient-ils honteusement rabaissée alors qu'elle les dépassait tous largement ?

— On exagère l'importance de la mode et de la vie sociale, reprit-il. Je préfère une femme brillante intellectuellement à une gravure de magazine.

Il s'était félicité trop vite d'avoir apaisé les craintes de Kassiani, car elle planta effrontément son regard dans le sien.

— Pourquoi as-tu choisi Elexis, dans ce cas ?

Un remords étreignit Damen. Décidément, elle méritait mieux, de sa part à lui aussi.

— Je connaissais à peine ton existence, expliqua-t-il calmement. Tu étais très… mystérieuse.

— Le mystère est levé, ironisa-t-elle avec un sourire d'autodérision. Tu connais maintenant Kassiani, le mouton noir des Dukas, surdouée en mathématiques et encombrée d'une mémoire photographique hypertrophiée.

Le clair de lune illuminait ses traits élégants et bien dessinés, ainsi que sa robe blanche qui mettait en valeur son teint mat et ses cheveux très bruns. Avec ses formes rondes, voluptueuses, elle ressemblait aux stars qui avaient fait la gloire de Hollywood.

— Tu devrais être fière de tes capacités exceptionnelles, au lieu d'en avoir honte, dit-il.

— Tu penses que mon père aurait dû m'engager dans sa société ?

— Oui.

— L'aurais-tu fait, à sa place ?

La question faillit le désarçonner.

— J'ai plusieurs femmes dans mon équipe de direction. L'une d'elles siège au conseil d'administration.

— Qui compte combien de membres ? Douze ?

Kassiani ne ménageait pas ses interlocuteurs. Damen s'expliquait mieux ses relations compliquées avec son père.

— En Grèce, les compagnies de navigation sont dominées par les hommes et n'acceptent pas volontiers les femmes.

Sans répondre, Kassiani avala une gorgée de champagne avec une expression songeuse.

— Je n'ai pas dit que je cautionnais cette situation, poursuivit-il, agacé d'être sur la défensive. Mais les hommes sont en général plus efficaces. Ils ne s'embarrassent pas d'états d'âme.

Elle lui jeta un regard surpris et déçu à la fois.

— Je te croyais plus… progressiste.

— Les affaires sont les affaires, trancha-t-il. Il faut être rapide et réactif.

— Les femmes n'en sont pas capables ?

— Ne déforme pas mes propos. Tu illustres exactement le genre d'arguties dont je ne veux pas au bureau. Mes collaborateurs ne sont pas là pour discuter mais pour exécuter mes ordres. La contestation est préjudiciable à l'entreprise…

— Surtout à toi, murmura-t-elle.

Il se tut, furieux que la conversation échappe à son contrôle. Il commençait à comprendre pourquoi son père la laissait de côté. Kristopher Dukas, qui n'était pas des plus habiles, avait tout simplement du mal à gérer les impertinences de sa fille. Il l'avait donc marginalisée.

En lui inculquant un complexe d'infériorité.

Damen n'approuvait pas le comportement de Kristopher, mais il éprouva une indulgence inattendue envers lui. On achetait facilement les bonnes grâces d'Elexis et Barnabas, mais Kassiani était trop authentique et intelligente pour se laisser manipuler.

— Chaton, dit-il tranquillement, si tu veux jouer le jeu, il faut suivre les règles.

— À quoi joue-t-on ? riposta-t-elle du tac au tac.

Instantanément, Damen fut transporté loin en arrière, à Adras, piégé dans une situation incontrôlable pour un adolescent. Vingt-deux années plus tard, il ne se pardonnait toujours pas ce qui était arrivé.

— Tu comprendras vite, si tu ne veux pas perdre.

Le dîner fut tendu ce soir-là, par la faute de Kassiani, qui était depuis toujours incapable de se taire quand un problème surgissait. Enfant, puis adolescente, elle refusait déjà le statu quo, alors que sa famille obéissait aux conventions les plus traditionnelles. Elle aurait dû se douter que ses convictions féministes heurteraient la mentalité grecque.

De retour dans sa chambre, elle s'invectiva intérieurement. Pourquoi avait-elle gâché une soirée qui s'annonçait si bien ? Comme d'habitude, elle s'était montrée trop directe et acerbe, au point de provoquer un conflit.

Elle ne s'arrêtait jamais à temps. Dès que l'occasion se présentait, elle donnait libre cours à ses frustrations.

L'étroitesse de son existence l'étouffait. Elle manquait d'opportunités, de défis à relever.

Tous les jours, elle lisait la presse internationale et

approfondissait les sujets importants en actualisant ses connaissances en économie et en droit. Abonnée à plusieurs publications universitaires, elle se tenait aussi au courant des progrès de la recherche. Mais rien ne soulageait son isolement.

Seul Damen lui faisait oublier sa solitude, surtout quand il lui faisait l'amour. Dans ces moments-là, elle n'était plus une ratée, ni une féministe radicale ou une agitatrice. Mais l'injustice la révolterait toujours. Les femmes étaient capables de tant de choses…

Personnellement, elle se sentait pleine de courage et d'énergie.

Son besoin d'être utile s'expliquait peut-être par son physique ingrat. Pourtant, elle n'attachait aucune valeur à la beauté et était plus sensible aux qualités intellectuelles.

Mais elle aimait séduire Damen avec son corps.

Un petit sourire se dessina sur ses lèvres. Heureusement, elle n'avait pas perdu son sens de l'humour. Il valait mieux rire de soi-même que se lamenter et gémir sur ses défauts.

Elle sursauta quand la porte de la chambre s'ouvrit brusquement. Les larmes qu'elle retenait lui montèrent aux yeux et elle s'empressa de les essuyer du revers de la main.

— Pourquoi pleures-tu ? demanda Damen en entrant.

Il ne servait à rien de nier.

— Je croyais que tu ne viendrais pas. À cause de mon comportement.

— Tu ne pensais pas ce que tu m'as dit.

— Si.

— Alors ne t'excuse pas. Ton problème, c'est que tu es plus intelligente que tout le monde.

— Sauf toi ?

— Je ne dirais pas cela. Tu as certainement lu davantage de livres, mais j'en sais plus sur le monde réel.

Elle soupira.

— Je regrette quand même de t'avoir contrarié. C'est

plus compliqué que je ne le pensais, d'être une bonne épouse.

— Tu as le droit de t'exprimer librement. Comme moi.

— Vraiment ? répliqua-t-elle en rougissant. Tu m'as pourtant expliqué que mon rôle était de te soutenir, et pas de te critiquer ou de m'opposer. Une femme grecque traditionnelle…

— Ce n'est pas ce que je te demande.

Il haussa un sourcil circonspect.

— J'apprécie la soumission, mais pas nécessairement dans le sens où tu l'entends.

L'air se chargea d'électricité, et Kassiani devint cramoisie tandis que Damen la déshabillait du regard.

— Ôte ta chemise de nuit, ordonna-t-il.

— Enlève tes vêtements aussi, répliqua-t-elle.

Il rit doucement.

— Tu es une négociatrice redoutable… De quoi as-tu envie, Petra Kassiani ?

Elle hésita en rougissant.

— Quelque chose de nouveau, que nous n'avons pas encore fait. Et qui me plaise.

— C'est très facile. Tourne-toi.

7.

Il avait raison. La position lui donna beaucoup de plaisir. Étendue sur le ventre, elle essayait de recouvrer son calme pendant que Damen lui caressait doucement le dos. Déjà, son désir se réveillait.

— Parle-moi de ton enfance, murmura-t-elle en essayant de penser à autre chose. Tu avais des frères et sœurs ?

— Non, j'étais fils unique.

— Pourquoi ?

— Il y a eu des complications à ma naissance. Ma mère a eu de la chance de survivre à sa grossesse et moi aussi.

— C'est effrayant.

— Cela se serait mieux passé si nous avions vécu dans un endroit moins isolé, avec un accès aux soins médicaux.

— Vous étiez pauvres ?

— Très.

Elle se pelotonna contre lui.

— Et tu es tellement riche, maintenant.

— À quinze ans, je me suis juré de sortir de la misère. Cela a dicté chacune de mes décisions depuis lors.

— Que faisait ton père ?

— Il travaillait dans une oliveraie. Ma mère aussi. Ils gagnaient si peu d'argent qu'ils n'avaient pas les moyens de me faire garder. Je les ai accompagnés dès mon plus jeune âge, d'abord bébé, accroché au dos de ma mère. Ensuite, je me rendais utile comme je pouvais. J'ai reçu mon premier salaire à dix ans. Ce n'était rien en comparaison de ce que gagnait mon père, mais cela a aidé mes parents.

Elle pressa une paume contre son torse, à l'endroit où son cœur battait. Ils venaient de milieux tellement différents…

— Tu allais quand même à l'école ?

— Quand on n'avait pas besoin de moi aux champs ou au pressoir.

— Tu n'as pas eu une éducation très rigoureuse.

— J'ai suivi l'école jusqu'à quatorze ans…

Il s'interrompit, la mine sombre.

— Mon enfance s'est achevée abruptement. Dix-huit mois plus tard, je quittais Adras, notre île, définitivement.

— Pour aller où ?

— Athènes. J'ai été embauché sur le port comme docker et j'ai travaillé dur jusqu'à maintenant.

— Comment arrive-t-on là où tu es quand on a reçu si peu d'instruction ?

— Poussé par l'ambition et le désir de vengeance.

Elle s'appuya sur un coude pour mieux voir son visage.

— Pourquoi la vengeance ?

— Quand on est pauvre, on dépend trop des autres. Les relations sont terriblement inégales.

Elle fronça les sourcils.

— Que s'est-il passé ?

— Peu importe. En tout cas, la colère et le désespoir sont d'excellents moteurs.

— Pourquoi ne veux-tu pas en parler ?

— Cet épisode appartient au passé, déclara-t-il avec fermeté.

Il se redressa et l'embrassa sur le front.

— Maintenant, c'est le travail qui me motive et me fournit ma raison de vivre.

Il jeta un coup d'œil au réveil, sur la table de nuit.

— J'ai une petite faim. Pas toi ?

— Ton cuisinier n'est pas parti se coucher ?

— Personne ne dort quand je veux quelque chose,

plaisanta-t-il en s'amusant de sa propre arrogance. De toute manière, j'ai juste envie d'un en-cas. Je n'ai pas besoin du chef pour voir ce qu'il y a dans le frigo.

La cuisine était étonnamment grande, tout en inox rutilant, avec un îlot central et des plans de travail en marbre ivoire, veiné de beige.

— Notre yacht familial est loin d'être aussi bien équipé, observa Kassiani en jetant un coup d'œil circulaire.

— Mon chef est très exigeant et tatillon.

— Mon père n'est pas aussi conciliant que toi avec ses employés. S'ils ne sont pas contents, il les remplace, voilà tout.

— J'aime bien avoir des domestiques de confiance sur lesquels je peux compter. Ceux qui travaillent à bord sont là depuis des années.

Kassiani fut surprise. Damen ne donnait pas l'impression de s'attacher à qui que ce soit.

— Tu dois passer beaucoup de temps sur ton yacht pour garder un équipage aussi nombreux.

— La plupart me suivent dans mes déplacements, à Athènes, Sounion ou mon appartement londonien. Quelques-uns aident aussi aux travaux saisonniers dans ma propriété d'Adras.

Il commença à sortir des fromages et des fruits du réfrigérateur, puis disposa des sets sur la table et ouvrit un bocal. À l'aide d'une fourchette, il lui offrit une grosse olive vert foncé dans laquelle elle croqua avec gourmandise.

— Succulente, commenta-t-elle.

— Elles viennent d'Adras.

Il prit un autre bocal.

— Celles-ci s'appellent des olives de Nauplie. Ce sont mes préférées, elles ont une chair plus ferme. On les déguste avec de l'aneth, arrosées d'un jus de citron.

Elle la savoura lentement.

— Du pain, maintenant, dit Damen.

— Je vais t'aider, proposa Kass.

Quand elle passa à sa hauteur, il l'attrapa par la nuque pour l'embrasser.

Au moment où ses lèvres prirent les siennes, elle sentit comme une décharge d'électricité et flageola sur ses jambes. Dès qu'il la touchait, un désir intense l'aiguillonnait. Son corps fondait, littéralement.

Elle l'enlaça par le cou et se pressa avidement contre lui.

Rien, dans son existence, ne l'avait préparée à un tel déferlement de sensations. Le trouble s'accompagnait d'émotions inconnues, d'une intensité incroyable. Dans les bras de Damen, elle se sentait à la fois puissante et vulnérable. En même temps, cela paraissait presque irréel. Était-ce de l'amour ? Ou une simple réaction physique ? Elle regrettait de ne pas avoir davantage d'expérience pour analyser ce qu'elle éprouvait. En tout cas, elle n'imaginait pas pouvoir ressentir cela avec un autre. Damen semblait fait pour elle. Elle adorait son corps, son odeur, sa peau, sa façon d'être, tout…

Kassiani avait très peur de le décevoir et aussi de souffrir à cause de lui. Parfois, il la blessait par inadvertance, sans même s'en rendre compte. Ses journées ne commençaient véritablement qu'au moment où elle le voyait. Les seules heures qui importaient étaient celles qu'elle passait avec lui. Était-ce normal ?

D'où provenait ce besoin irrépressible qu'elle avait de lui ?

Avide de sentir sa tiédeur animale, Kassiani glissa les mains sous sa chemise. Elle avait envie de s'enrouler autour de lui comme une liane pour l'emprisonner. Damen la pencha vers l'arrière, exposant son cou et sa gorge, qu'il couvrit de baisers fous. Elle se mit à gémir, et lui, à grogner. Puis il emboîta un genou entre ses cuisses.

Elle avait l'impression de perdre la tête. Tout lui échappait.

— Les caméras de surveillance, maugréa-t-il en s'écartant pour éteindre un interrupteur. Ce n'est pas la peine de nous donner en spectacle.

Elle eut un sourire coquin.

— Le show en vaudrait la peine.

— Tu me choques.

— Tu aimes cela, rétorqua-t-elle malicieusement, pendant qu'il fermait la porte de la cuisine et tournait la clé dans la serrure.

Ils firent l'amour sur la table, sauvagement. Kass espérait seulement que les lieux étaient insonorisés, car Damen lui arracha des cris dont elle ne se serait pas crue capable. Délivrée de toute inhibition, elle ne connaissait plus ni réserve ni retenue. Chaque orgasme gagnait en intensité sur le précédent. Par moments, son plaisir culminait avec une telle violence qu'elle avait l'impression de se briser. À la fin, elle éclata en larmes, sans même savoir pourquoi. Tant d'intimité la bouleversait. Elle se sentait épuisée et ne se reconnaissait plus dans cette créature lascive qu'elle devenait auprès de Damen.

Elle essaya de cacher ses pleurs, mais il les vit et les essuya.

— Je vais parfois trop loin, dit-il en la serrant dans ses bras.

— Ne t'inquiète pas, je suis solide.

— Je ne voudrais surtout pas te faire de mal.

Elle leva les yeux.

— Mais tu aimes dépasser les interdits.

— C'est vrai. À toi de fixer les limites.

— Je ne veux pas de barrières entre nous. Je te fais confiance.

Avec le cœur de Damen qui battait sous son oreille, elle se détendit. Elle se sentait bien, en sécurité. Elle ne se souvenait pas avoir jamais éprouvé pareil bien-être. Avec personne. Jamais.

Elle l'embrassa au creux du cou.

— J'aimerais que toi aussi tu aies confiance en moi, ajouta-t-elle.

Aussitôt, il se crispa. Puis, très lentement, ses mains descendirent le long de ses bras et il la lâcha.

— Ne te vexe pas, mais j'ai beaucoup de mal à accorder ma confiance. Il me faudra sans doute plusieurs années… Tu devras faire tes preuves.

— Je ne te décevrai pas. Parce que j'ai envie de te plaire.

Son expression se ferma et il recula de quelques pas.

— Je n'ai pas besoin d'entendre ce genre de paroles. Abstiens-toi, à l'avenir, s'il te plaît.

Confuse, Kassiani cilla.

— Je ne comprends pas.

Il haussa les épaules négligemment.

— Je ne me méfie pas seulement des gens mais aussi des mots. Inutile d'exprimer tes émotions, je te jugerai à tes actes. La vérité réside dans ce qu'on fait, pas ce qu'on dit.

Au son de cette voix sèche et glaciale, un nœud se forma dans la gorge de Kassiani. Damen l'effrayait, quand il parlait ainsi. Son instinct de survie lui commandait de s'enfuir en courant. Mais pour aller où ? Il était son mari. Elle était condamnée à vivre avec lui et donc à trouver un terrain d'entente.

Elle s'efforça de répondre sur un ton calme et raisonnable.

— Plus je passe de temps avec toi, plus il est normal de ressentir…

— Non, coupa-t-il durement. Pour moi, les sentiments sont toujours suspects. À plus forte raison venant de toi, car je ne te donne ni tendresse ni affection. Au lit, je te considère comme une maîtresse. Tu es là pour assouvir ma libido, rien de plus.

Ses jambes fléchirent, mais elle ne baissa pas les yeux.

— Je t'ai mise en garde dès le début. Je suis dur, impitoyable, et j'y prends du plaisir…

— Je sais, tu as été clair. Cela ne fait pas de toi un méchant homme pour autant.

— Si.

— Je ne vois pas pourquoi.

— Vraiment ?

Avec une arrogance provocante, il prit son sexe dans une main et commença à se caresser.

— Un mari attentionné se conduirait-il ainsi ? Prendrait-il plaisir à choquer sa jeune épouse ? Ne se comporterait-il pas plutôt en gentleman ?

Elle haussa les épaules.

— Je ne sais pas et je m'en moque. Tout ce qui m'importe, c'est toi et moi. Tu ne m'intimides pas.

— Alors tu es moins intelligente que je ne le pensais, chaton. Je suis un être dangereux et destructeur. À ta place, je me méfierais et me protégerais davantage.

Il soufflait le chaud et le froid. Elle ne comprenait pas comment des instants de passion et de folle sensualité pouvaient dégénérer aussi vite. En tout cas, elle ne croyait pas un mot de ces sornettes que rien ne l'obligeait à écouter.

Elle se détourna, à la recherche de ses habits, puis se rappela qu'elle était descendue en chemise de nuit. Malheureusement, sa nuisette en dentelle était salie, et elle n'avait pas envie de la mettre. Elle la ramassa et attrapa la chemise de Damen, qu'elle enfila, puis rejeta ses cheveux en arrière avec une expression souriante mais farouche.

— Merci pour tes précieux conseils. Je tâcherai de m'en souvenir. Cela dit, tu ne pourras jamais m'empêcher d'éprouver…

— Je ne veux pas de sentiments entre nous.

— C'est noté. Je ferai de mon mieux pour refréner mes émotions et correspondre le plus possible au profil de tes anciennes maîtresses. À présent, ouvre-moi la porte, que je retourne à ma chambre.

Trop perturbée pour trouver le sommeil, Kass se tourna et se retourna dans son lit toute la nuit. Elle était très en colère. Si Damen croyait la soumettre en la rudoyant, il se trompait.

Il ignorait à qui il avait affaire. Elle n'avait pas survécu aux duretés de la famille Dukas pour se laisser piétiner par un mari. Elle donna de furieux coups de poing dans son oreiller en se remémorant comment il lui avait jeté ses anciennes maîtresses à la figure.

Pour la rendre jalouse ? La blesser ou la vexer ?

Évidemment, il avait eu des maîtresses. C'était même l'une d'elles qui avait renseigné Elexis sur ses goûts en matière d'épilation. Pour un homme comme Damen, l'une des plus grosses fortunes du monde, la séduction était une manière d'exercer et de prouver sa puissance.

Kassiani s'endormit si tard qu'elle fit la grasse matinée le lendemain. Ils étaient à l'ancre dans un autre port, qu'elle reconnut pour y avoir déjà séjourné. Mykonos. Damen avait pourtant dit qu'il ne voulait pas l'emmener dans les mêmes endroits que ceux où il avait prévu d'aller avec Elexis…

Elle s'habilla en hâte. Sur le pont, le capitaine l'informa que Damen était déjà à Chora. Ils partirent sur-le-champ.

Damen l'attendait sur le quai et haussa un sourcil étonné lorsqu'elle se hissa sur la pointe des pieds pour l'embrasser sur la joue.

— Bonjour ! s'écria-t-elle joyeusement, déterminée à bien commencer la journée. Quel est le programme ?

— Nous pouvons nous promener dans Chora, un village typique des Cyclades où il y a de très jolies églises. Ensuite, nous discuterons affaires.

— C'est-à-dire ? L'avenir de Dukas Shipping ? demanda-t-elle avec une pointe d'excitation.

— Pas du tout. Je pensais à notre affaire personnelle, notre mariage.

Elle cacha sa déception derrière une fausse nonchalance.

— Dans ce cas, j'ai besoin d'un sérieux petit déjeuner avec une bonne tasse de café.

Damen la conduisit à travers d'étroites ruelles jusqu'à

une très vieille boulangerie qui disposait de quelques tables et chaises en bois, sous une voûte.

— Je ne viens jamais à Chora sans m'arrêter ici, dit Damen. Le baklava est excellent, mais je te recommande les croissants au fromage et la tarte feta-épinards.

C'était effectivement délicieux. Mais, maintenant que Damen avait éveillé sa curiosité, Kassiani était sur le qui-vive.

Damen se reprochait d'avoir entamé la gaieté de Kassiani, qui paraissait sur ses gardes. Il se devait pourtant de mettre bon ordre dans leurs relations pour ne pas courir à la catastrophe.

La scène de la veille avait tourné au désastre, et il se reprochait de ne pas mettre suffisamment de distance entre Kassiani et lui. Il fallait redresser la barre. Elle ne devait rien attendre de lui, juste accepter la réalité de leur mariage avec ses avantages et ses inconvénients.

Elle en retirait des bénéfices certains, puisqu'elle ne vivait plus chez son père.

Néanmoins, cela avait un coût. Elle ne faisait pas un mariage d'amour. Ils ne seraient jamais proches, ni même bons amis. Il ne serait jamais un mari tendre et aimant.

Elle devait en prendre conscience. Leurs rôles et responsabilités seraient clairement définis à l'avance.

Par le passé, il passait toujours un contrat avec ses maîtresses. Elles savaient à quoi s'attendre, sans rien espérer de plus. Il n'était pas question de sentiments ni d'émotions, et l'arrangement pouvait cesser à tout moment du fait de l'une ou l'autre partie.

Damen voulait reconduire le même genre d'accord avec Kassiani, sauf pour la dernière clause car le divorce n'était pas envisageable. Un contrat noir sur blanc, en bonne et due forme, l'aiderait à y voir plus clair.

Avec le recul, il regrettait de ne pas y avoir pensé

plus tôt. S'il avait été plus logique et organisé, la scène pénible de la veille ne se serait même pas produite.

Kassiani était imprévisible, il n'était sûr de rien… Malgré tout, il s'épargnerait sans doute des débordements à l'avenir en énonçant clairement les règles du jeu. Il détestait être pris au dépourvu.

Il détestait aussi perdre son self-control, comme en ce moment. Même s'il ne paniquait pas vraiment, la sensation qui l'oppressait et lui donnait mal à la tête lui rappelait trop l'adolescent de quinze ans réduit à l'impuissance par plus fort que lui.

Il méprisait la faiblesse.

Car les souvenirs du passé menaçaient alors de resurgir. C'est pourquoi il veillait scrupuleusement à garder une maîtrise parfaite de ses émotions. Or, Kassiani avait ouvert une brèche dans son self-control.

Il était urgent de la colmater…

Kassiani fronça les sourcils quand Damen tira une enveloppe de sa poche et en sortit des feuilles de papier.

— Qu'est-ce que c'est ?

— Un contrat. Cela permet d'améliorer la communication et de réduire les malentendus. J'en ai toujours établi avec mes anciennes relations.

— Comme c'est pratique ! s'exclama-t-elle en réprimant une envie de rire hystérique. J'ai hâte d'en prendre connaissance.

Était-il sérieux ?

— Je vais te le lire et t'expliquer les différents points.

— Ce n'est pas la peine. J'ai d'excellentes compétences en lecture rapide.

Le document stipulait ce que son mari attendait d'elle en termes de *comportement*.

Après avoir parcouru les quatre pages, Kassiani s'appuya contre le dossier de sa chaise et dévisagea longuement Damen.

— J'aimerais comprendre ta manière de penser. Qu'espères-tu exactement ?

— Simplifier les choses entre nous. Clarifier ma position pour t'éviter des surprises.

Elle continua à le fixer d'un air perplexe. Il était incroyablement beau, mais tellement déconnecté de la réalité…

— C'était sans doute très utile pour tes maîtresses, mais cela n'a aucun intérêt en ce qui nous concerne. Je ne le signerai pas.

— Pourquoi ?

— Tu ne peux pas me dicter ma conduite, ni m'interdire de m'attacher à toi ou d'éprouver des sentiments. Je suis *ta femme*.

— Nous ne nous sommes pas mariés par amour. Je ne t'aime pas, je ne t'aimerai jamais et je ne te parlerai jamais d'amour.

Kassiani se mit à rire.

— Je t'ai demandé une fois si tu avais déjà été amoureux. Une seule fois. Et je n'ai jamais dit que je t'aimais, juste que tu me plaisais. Franchement, après toutes les précautions que tu as prises, je n'espère rien dans le domaine des sentiments, puisque tu as une pierre à la place du cœur. Ton entêtement à vouloir absolument me contrôler m'exaspère.

Elle se leva.

— Je ne suis pas une gourgandine qui a une cervelle de moineau et je n'ai pas besoin de ton argent. Merci tout de même de penser à moi et de m'offrir des subsides en échange de ma docilité silencieuse. Je te sais gré de ta générosité.

Rouge de colère, elle se détourna et quitta les lieux en se faufilant parmi les tables. Cet homme insupportable avait encore réussi à gâcher une journée qui s'annonçait magnifique. Il était vraiment doué pour cela.

Damen la rattrapa dans la rue.

— Où vas-tu ?

— Je retourne au bateau. Je n'ai plus envie de jouer aux touristes avec toi.

Il lui barra le passage.

— Tu ne peux pas me tourner le dos chaque fois que je dis quelque chose qui te déplaît.

— Je suis plus américaine que grecque et ne serai jamais une épouse docile et obéissante. J'ai failli te rire au nez, tout à l'heure, quand tu m'as présenté ton contrat. C'est ridicule, Damen. Tu ne peux pas me contrôler. Je n'accepterai jamais de me plier à tes quatre volontés…

— Tu as pourtant dit que mon bien-être était au centre de tes préoccupations.

— Oui.

— Comprends que tes émotions me rendent mal à l'aise.

— À t'entendre, on croirait que je suis hystérique. J'ai juste pleuré une fois, dans ma chambre…

— Qui est la mienne, en réalité.

Elle leva les mains avec consternation.

— Tu veux la récupérer et m'installer dans la chambre d'amis ? C'est là que dorment tes maîtresses, d'habitude ?

Son silence confirma son intuition.

— J'aimerais en savoir davantage sur ces femmes tellement exemplaires, railla-t-elle.

— Elles n'étaient pas du tout exemplaires, mais elles comprenaient les limites de notre relation et ne formulaient pas d'exigences.

— Parce qu'elles t'étaient reconnaissantes de payer leurs factures ! En plus, tu devais les couvrir de cadeaux, leur offrir des bijoux, des voyages et de beaux vêtements. Mais ton mode de vie me laisse indifférente. Je me moque éperdument de ton yacht, tes villas et tes voitures de sport. J'ai grandi dans le luxe, Damen. Ce sont d'autres valeurs qui m'intéressent : la franchise, la gentillesse, le bonheur, le respect…

L'expression de Damen se durcit.

— Elexis se serait laissé gâter avec plaisir. Elle aurait

été ravie d'aller à Londres, New York et Milan pour la *fashion week*.

Kassiani redressa le menton.

— Ton idée de contrat ne l'aurait pas choquée. Elle aurait fermé les yeux sur tes mensonges et tes infidélités parce qu'elle t'aurait trompée aussi. Tu n'aurais même pas été sûr que vos enfants soient de toi, mais tu aurais été plus heureux avec une femme insincère qui joue la comédie de l'épouse parfaite… Tu aurais dormi sur tes deux oreilles avec l'illusion de tout contrôler grâce à ta puissance et ta fortune. De son côté, elle aurait eu aussi ce qu'elle voulait : l'argent, le prestige et la liberté.

— Tu me décris comme quelqu'un d'horrible.

— Rien ne t'oblige à être ainsi. C'est ton choix.

Haussant les épaules, elle poursuivit son chemin en le bousculant au passage et regagna le port.

La vedette amarrée à quai la ramena au yacht. À bord, elle demanda au personnel de transporter ses affaires dans une autre chambre, celle où M. Alexopoulos logeait habituellement ses visiteuses.

S'il voulait récupérer la sienne, elle n'y voyait pas d'inconvénient.

Et, s'il voulait rester marié, il devrait composer avec elle.

Elle prenait goût au sexe et à l'érotisme et supporterait son comportement dominateur. Au lit. Le reste du temps, il n'était pas question de s'aplatir devant lui.

Elle n'était peut-être pas une beauté et sa personne ne forçait pas le respect et l'admiration, mais elle avait droit à la dignité.

Après avoir flâné dans la vieille ville pour tenter de se calmer, Damen eut un regain de colère en remontant à bord. Il ne savait pas ce qui l'énervait le plus. Que Kassiani ait changé de chambre de son propre chef, ou qu'elle ait traité par le dédain sa tentative de conciliation. Il n'ignorait pas qu'elle avait de l'argent, évidemment.

Les Dukas étaient propriétaires d'une grande partie des quais de San Francisco et possédaient plusieurs domaines de grande valeur sur la côte Ouest.

Cherchait-elle à l'humilier en lui rappelant qu'elle était une riche héritière ?

Quand il se décida à frapper à sa porte, elle mit un temps fou à ouvrir. Elle était vêtue confortablement, d'un pantalon de yoga et d'un T-shirt, et ses cheveux flottaient librement sur ses épaules.

— Tu t'es bien promené ? s'enquit-elle innocemment.

Il ravala son agressivité et répondit sur le même ton.

— Tu es satisfaite de ta nouvelle chambre ? Il n'y a pas de baignoire, mais tu peux toujours utiliser ma salle de bains si tu veux.

— Ou le spa, qui est très agréable.

Il observa un instant sa bouche pulpeuse et la légère rougeur de ses joues. Seul le menton, ferme et déterminé, trahissait sa force de caractère, qui lui inspirait un certain respect.

— Tu m'invites à entrer ou je t'emmène de force ?

Elle plissa le nez d'un air mutin.

— Euh… C'est dommage, mais je ne me souviens pas très bien de toutes les clauses de ton contrat. Suis-je censée être à ta disposition ? J'aurais dû faire plus attention…

— Moi, j'aurais dû te faire la lecture à voix haute avec des explications.

Un éclair d'indignation brilla dans les yeux de Kassiani. Elle était infiniment désirable quand la colère l'animait.

C'était sans doute la première femme qui osait lui résister et le défier.

— J'ai moi aussi envie de rédiger un tutoriel, mon cher mari, lança-t-elle. Parce que j'aime aller au lit avec toi lorsque tu me traites avec respect, d'égal à égale. Mais pas quand tu disposes de moi comme d'un objet. Je ne suis pas ta propriété.

— Il y a des bons côtés.

— Lesquels ? Je serai récompensée pour ma docilité ?

Elle le toisa avec un sourire narquois.

— Tu n'aimes pas beaucoup les femmes !

Il haussa les épaules.

— Les êtres humains en général.

— Que t'est-il arrivé, pour que tu deviennes aussi égoïste et indifférent ? Tu es probablement l'homme le plus…

— Ton avis ne m'intéresse pas, coupa-t-il. Tu n'as pas à juger mon caractère.

— Tu ne m'intimides pas et tu ne m'empêcheras pas de penser que tu as une personnalité problématique.

Curieusement, il tolérait de la part de Kassiani des remarques et des critiques qu'il aurait vivement condamnées chez quelqu'un d'autre. Il faisait preuve d'une patience et d'une indulgence étonnantes.

Il lui sourit d'un air supérieur, juste pour le plaisir de la provoquer.

— Je me moque des étiquettes. Je suis content d'être qui je suis.

Il guetta sa réaction avec une curiosité inaccoutumée. Cette femme avait sur lui un pouvoir très étrange, inexplicable.

Un silence s'étira, interminable.

— Laisse-moi entrer, dit-il avec une fausse nonchalance.

Il avait terriblement envie d'elle, à un point presque douloureux.

— Sinon quoi ? rétorqua-t-elle. Tu vas me punir ? Couper les ponts ?

Comme il ne répondait pas, elle insista.

— Je te rappelle que l'argent ne m'intéresse pas, mon cher mari. Il me faudrait une autre motivation pour me donner envie de rester et de jouer le jeu. Sinon, à quoi bon ? Tu ne t'es pas posé la question ?

Le sourire de Damen s'évanouit.

— Qu'est-ce que tu racontes ?

— Je me suis mariée pour ne plus être seule et passer des moments agréables. Pas pour subir une autorité et avoir constamment des remontrances, comme avec mon père. J'attends mieux de toi. *J'exige* mieux, en fait.

Damen se crispa.

— Ce n'est certainement pas la bonne méthode pour m'attirer dans ton lit, chaton. Je n'admets aucune exigence. De personne.

— Je veux que tu me prennes au sérieux. Que tu me respectes comme je te respecte.

— Tu ne me parles pas avec respect. On dirait une femme capricieuse et trop gâtée qui se croit tout permis.

— C'est toi qui dis cela ?

— Parfaitement. Et tant pis pour toi si cela ne te plaît pas.

À ces mots, il tourna les talons et la planta là sans plus de cérémonie.

Kassiani refusa de céder aux larmes. Cela ne servait à rien de pleurer. Elle se sentait prise au piège dans sa chambre et avait l'impression d'être enfermée dans une prison. Elle descendit sur le pont inférieur pour prendre l'air et essayer de se calmer.

Damen avait un toupet monstre. Comment pouvait-il l'accuser de se croire tout permis alors qu'il se comportait comme s'il avait tous les droits ?

8.

Kassiani enfila un maillot de bain et se dirigea vers la piscine, sur le pont supérieur, avec l'un des livres qu'elle avait emportés en Grèce. Ils étaient de nouveau en pleine mer. Elle s'accouda au bastingage pour se rafraîchir au vent du large tout en admirant le panorama magnifique. Dans le lointain, on distinguait le relief de quelques îles qui semblaient flotter sur le bleu saphir de la mer Égée. Lorsqu'on s'en rapprochait, les eaux transparentes viraient au turquoise. C'était un pur enchantement.

Quel dommage de ne pas avoir passé plus de temps à Mykonos…

Elle regrettait de ne pas s'entendre mieux avec Damen et comprenait presque pourquoi il lui avait proposé un contrat. Simplement pour avoir la paix. Il ne voulait pas se compliquer l'existence. En soi, cela n'avait rien de répréhensible, mais elle détestait la manière dont il s'y prenait.

Après quelques brasses, Kassiani s'allongea et essaya de lire, mais ses pensées la ramenaient invariablement à Damen.

Cet homme lui posait une énigme. Il avait dû lui arriver quelque chose de terrible, pour qu'il soit devenu aussi méfiant et cynique.

C'était vraiment dommage. Quand ils ne se disputaient pas, elle appréciait beaucoup son intelligence et sa drôlerie. Et son tempérament de feu la fascinait.

Il apparut justement à ce moment-là.

— Ce transat est libre ? demanda-t-il en indiquant une place à côté d'elle.

— J'espérais que mon mari me rejoindrait, mais il est parti travailler.

— Votre mari travaille pendant votre lune de miel ?

— C'est affreux, je sais, répliqua-t-elle avec légèreté. Mais il est brillant et ses affaires prospèrent. J'essaie d'être compréhensive.

— Vraiment ?

— Oui, par amitié pour lui. Mais ne lui dites surtout pas, il serait fâché.

Elle esquissa un sourire désabusé.

— Vous voulez toujours cette chaise longue ?

Une lueur amusée brilla dans les yeux gris de Damen.

— Je ne sais pas si votre mari apprécierait que vous racontiez vos secrets intimes à un inconnu.

— Non, il me punirait et m'attacherait toute nue sur le lit.

— *Kassiani !* s'exclama Damen en riant. On ne parle pas de cela n'importe où.

— Tu as tellement de règles et de consignes ! Tu devrais les faire taper par une de tes secrétaires et les rassembler en recueil. Je m'y reporterais en cas de doute, comme à un manuel de référence conjugal.

Il rit en secouant la tête.

— Tu ne ressembles vraiment pas à ta sœur.

— Oh ! je sais. Mon père en a bavé, avec moi !

— J'imagine. Tu es terrible.

— Je tiens de sa sœur. Celle qui ne s'est jamais mariée. Elle était charmante mais incomprise.

— Comme toi.

— Oh ! tante Calista était beaucoup plus jolie que moi, mais nous avons la même tournure d'esprit. Elle était malheureuse. Moi, je ne veux pas être malheureuse.

— Je ne veux pas non plus que tu le sois.

Il hésita et redevint sérieux.

— Nous avons du mal, n'est-ce pas ?

Elle acquiesça.

— Je ne sais pas comment changer pour devenir telle que tu le souhaites.

— Moi non plus, je ne sais pas comment changer.

Elle hocha de nouveau la tête et se perdit un instant dans la contemplation du bleu de la mer. Elle avait le cœur gros. Comme d'habitude, Damen la déconcertait.

Il se comportait parfois de manière odieuse. Pourtant, il lui plaisait. Elle éprouvait même une attirance incontrôlable. En ce moment, son pouls battait très vite et un élan irrépressible la poussait vers lui. Il avait l'air tellement fort et viril, dans son pantalon en lin et son polo noir qui moulait sa musculature… Elle détestait le sentiment d'impuissance qui l'assaillait.

— Qu'allons-nous faire ? demanda-t-elle enfin.

— Je n'ai pas d'amis. Nous pourrions essayer de devenir amis ?

Le visage de Kassiani s'éclaira.

— D'accord. On commence… maintenant ?

— Oui. Me ferais-tu l'amitié de dîner avec moi ce soir ? Nous pourrions nous retrouver au salon pour boire un cocktail.

Elle tendit la main avec un sourire malicieux.

— Entendu.

Kassiani s'habilla avec soin, d'une robe en mousseline de soie bordeaux, avec un décolleté brodé de perles noires. C'était la toilette qu'elle avait prévue pour la répétition de la cérémonie avec Elexis, qui n'avait jamais eu lieu. Elle noua ses longs cheveux en queue-de-cheval, enfila des hauts talons et accrocha des perles noires à ses oreilles. Elle s'était rarement sentie aussi glamour.

Arrivée en avance, elle sortit sur le pont. Des étoiles s'allumaient déjà au firmament d'un beau violet foncé et les lumières d'une île brillaient à l'horizon. Comme il faisait frais, elle revint à l'intérieur. Une domestique, en train de retaper les coussins des canapés, sursauta à son approche et Kassiani s'excusa de lui avoir fait peur. Les deux jeunes femmes, sensiblement du même âge, engagèrent la conversation en grec.

— D'où êtes-vous ? demanda Kassiani.

— D'Adras, près de Chios.

— L'île natale de M. Alexopoulos ?

— Oui. Je viens de son village, comme la plupart des gens ici à bord. M. Alexopoulos aide beaucoup les habitants.

Kassiani s'étonna que Damen ait gardé des attaches.

— Cela fait longtemps que vous travaillez pour lui ?

— Deux ans. Depuis que j'ai fini le lycée. M. Alexopoulos est très strict sur le niveau d'éducation.

— Même pour les filles ? demanda Kass, agréablement surprise.

— Surtout pour elles. Il dit que c'est vital, pour une femme, d'avoir le choix. Mais c'est parfois difficile de partir de la maison.

— Vous avez le mal du pays ?

— Cela va mieux, maintenant, mais au début oui.

— M. Alexopoulos vous donne suffisamment de congés pour rentrer ?

— Bien sûr. C'est le meilleur patron. Tout le monde voudrait un emploi chez lui. Nous avons des primes pour nos vacances. Certains les passent dans leur famille, mais d'autres en profitent pour voyager. L'année dernière, je suis allée en Croatie. J'ai adoré.

— Quand retournez-vous à Adras ?

— En octobre, pour la cueillette des olives. C'est un événement important, la base de notre économie.

Kassiani était sur le point de demander si Damen y allait aussi à cette époque, mais il arriva à ce moment-là et la jeune domestique le salua timidement avant de s'éclipser.

Kassiani considéra pensivement cet homme si beau

et séduisant qui était aussi son mari. Elle avait encore du mal à y croire… Elle se racla la gorge.

— Cette jeune fille vient de m'expliquer qu'elle était originaire d'Adras, et que tu offrais des débouchés aux jeunes qui terminent leurs études secondaires. Je trouve cela super.

Elle hésita.

— Pourquoi ne me racontes-tu pas ce genre de choses ? J'en ai appris plus sur toi en cinq minutes qu'en cinq jours avec toi.

— Je n'aime pas parler de moi.

Kassiani s'assit en lissant les plis de sa robe.

— Tout de même, cela nous aiderait si je te connaissais mieux.

— Peut-être.

Il se dirigea vers le bar.

— Je te sers un verre ?

— Avec plaisir. Que me conseilles-tu ?

— Qu'est-ce que tu aimes ?

Elle plissa le nez.

— Je ne bois pas beaucoup. Des bulles ?

Il ouvrit une bouteille de champagne et versa un peu de liqueur grenat au fond d'une coupe.

— Ton grec est un peu rouillé, mais tu te débrouilles mieux que je ne le croyais.

— J'ai appris très jeune. Je manque de pratique, c'est tout.

— Tu as fréquenté une école de langues en Californie ?

— Non. Les parents de papa ne nous parlaient qu'en grec, à la maison.

— Ils ont vécu avec vous ?

— Yia-yia est venue habiter avec nous quand Pappous est mort. Mon père aurait voulu qu'ils nous rejoignent beaucoup plus tôt, mais Pappous préférait la Grèce. Pour le climat.

— Il avait raison.

Il s'approcha et lui tendit son verre, d'une belle couleur rosée.

— Je me souviens d'avoir rendu visite à des amis à San Francisco un 4 Juillet. Le feu d'artifice a été annulé à cause du brouillard !

— Cela arrive parfois, admit-elle en portant la coupe à ses lèvres. Mmm, c'est délicieux. Qu'est-ce que c'est ?

— Du champagne avec un trait de Chambord. Ta robe m'a inspiré pour ce cocktail. Tu es ravissante.

Le compliment paraissait sincère. Flattée, elle frissonna.

— Je me sens jolie, ce qui est tout à fait inhabituel pour moi.

— Si j'avais devant moi les gens qui t'ont mis ces sottises dans la tête, ils passeraient un sale quart d'heure. Tu es belle, Kassiani, dedans et dehors.

— Merci, murmura-t-elle en rougissant.

Il lui fallut quelques secondes pour s'éclaircir les idées.

— La domestique…

— Neoma.

— Neoma rentre à Adras en octobre, pour la cueillette des olives.

— Comme la plupart de mes employés.

— Toi aussi, tu retournes chez toi à cette période ?

— Ce n'est pas chez moi.

Elle soupira.

— Tu vas à Adras pour la récolte ?

— Cela m'arrive.

— Tu possèdes des oliveraies ?

Il hésita.

— Elles sont toutes à moi, à Adras.

— *Toutes ?*

— L'île est à moi. Je l'ai achetée.

— Ah bon ? C'est possible ?

— Avant, elle appartenait à un seul propriétaire foncier, donc cela n'a pas été difficile. Depuis, j'ai complexifié les choses et encouragé les villageois à développer le commerce, par exemple.

— Il y a du tourisme ?

— Il y en a toujours eu pendant les mois d'été. Depuis quelques années, des paysans ont créé un programme de vacances actives qui rencontre un vif succès. Les réservations sont complètes pour l'automne prochain.

— Cela consiste en quoi ?

— Les touristes sont logés chez l'habitant et familiarisés avec le folklore et la cuisine locale. En échange, ils aident aux champs et à la cueillette.

— Les gens *paient* pour cela ?

— Oui. C'est même très tendance. Évidemment, ce ne sont pas les mêmes qu'on rencontre dans les croisières ou les stations balnéaires à la mode. Ceux-là sont curieux de découvrir la culture et les traditions grecques. Ils partent explorer l'île à pied ou à vélo, hors des sentiers battus. Ils mangent dans les *tavérnes* et achètent de l'artisanat local comme souvenirs. Ils insufflent une vie nouvelle à toute l'île.

— Tu n'as pas l'impression d'être envahi ?

— Je n'y suis pas souvent. De toute façon, j'ai acheté Adras pour la redonner à ses habitants.

— Beaucoup d'Américains participent à ce genre de programme ?

— Non. Surtout des Hollandais et des Scandinaves.

— C'est une idée fantastique. J'adorerais faire cela.

— Tu ne vas pas cueillir des olives.

— Pourquoi ? Tu l'as bien fait, toi.

— C'est différent. Je suis né au village. Toi, tu es une Dukas…

— Peu importe. Je suis grecque. La récolte des olives est sacrée, en Grèce.

— Ces activités sont destinées aux voyageurs européens qui souhaitent vivre des expériences authentiques. Ma femme n'y a pas sa place.

— Même si j'ai envie de me rendre utile ?

— Ce n'est pas toi qui décides.

— Mais pourquoi ? Tu veux m'enfermer dans la villa et m'empêcher de tisser des liens avec les habitants ?

— Les villageois ne sont pas tes amis. Ils ont leur vie, et toi, la tienne.

— C'est insultant.

— Peut-être. En tout cas, il vaut mieux éclaircir ce point dès maintenant. Si cela te pose un problème, nous n'irons pas à Adras, voilà tout.

Elle reposa sa coupe et se leva d'un bond.

— Ton besoin de domination est totalement ridicule. Ce mariage est voué à l'échec, si tu me donnes des ordres continuellement. Ce n'est pas comme cela que nous risquons de nous rapprocher et d'avoir une intimité !

— Je ne comprends pas ton obsession de l'intimité.

— Ce n'est pas une obsession !

— Si tu avais davantage d'expérience, tu te rendrais compte que notre bonne entente physique est exceptionnelle…

— Il s'agit uniquement de sexe, Damen. En dehors de cela, nous n'avons absolument rien en commun. La moindre conversation dérape parce que tu refuses que je pense par moi-même. Comme si je n'avais pas de cerveau !

— Dis-moi, chaton, est-ce ainsi que de vrais amis se parlent ? Je te le demande sérieusement, parce que je n'en sais rien. Je n'ai pas d'amis.

Il ne plaisantait pas. Poussée par un élan d'empathie, elle choisit soigneusement ses mots.

— Cela dépend. De vrais amis sont honnêtes l'un envers l'autre. Ils cherchent à se comprendre et à se soutenir mutuellement.

Il se contenta de plisser le front sans rien dire.

— Tu as sûrement eu des amis quand tu étais jeune, Damen ? Des gens dont tu te sentais proche et qui comptaient pour toi ?

— Oui… Autrefois. Mais il n'y a plus personne depuis longtemps.

— Pourquoi ? Que s'est-il passé ?

Il haussa les épaules.

— Je suis devenu moi, celui que je suis aujourd'hui, dit-il platement.

Puis il passa devant elle et sortit sur le pont.

9.

Damen s'agrippa au bastingage et se pencha, les yeux fixés sur les gerbes d'écume du sillage.

Il était frustré, et fatigué.

Il aurait voulu arranger les choses avec Kassiani, mais ne savait pas comment.

Kassiani ne comprenait pas que son passé n'avait rien d'un conte de fées et qu'il avait subi de terribles épreuves. Le self-made-man qu'il était avait atteint un niveau de réussite exceptionnel, mais avait-il eu le choix ? S'il n'était pas devenu un homme puissant, il se serait effondré.

S'il n'avait pas canalisé sa fureur pour assouvir sa soif de vengeance, la rage et la douleur l'auraient englouti.

Il s'était plié à une discipline de fer et avait foncé dans l'action, tête baissée, sans plus jamais regarder en arrière.

Sa discipline de fer avait accompli des miracles.

Non seulement pour lui-même mais pour tous les pauvres qui, comme lui, se retrouvaient dépendants et impuissants face à leur destin. Ses efforts avaient payé. Les habitants d'Adras connaissaient déjà un meilleur sort, en particulier les femmes et les jeunes filles. Ils ne se sentiraient plus jamais pris au piège, acculés, sans possibilité de choix.

Néanmoins, cette victoire n'allégeait en rien le malaise qu'il ressentait aujourd'hui.

Pour se sentir bien, Damen avait besoin de remporter des victoires. Or, les reproches de Kassiani le déstabilisaient.

Il s'était pourtant appliqué. Pour prouver ses bonnes

dispositions, il avait courtoisement invité Kassiani à dîner et commandé un repas spécial à son chef. Il avait réellement envie de parvenir à un compromis, mais il aurait besoin de temps pour partager une intimité authentique.

Kass n'obtiendrait rien par la pression et l'insistance. Au contraire.

Quand Damen sortit sur le pont, Kassiani s'affaissa sur une chaise, les épaules voûtées, l'estomac noué d'appréhension.

Elle ne savait pas quoi faire pour pacifier sa relation avec Damen et devenir l'épouse qu'il souhaitait. Comme à l'accoutumée, elle se sentait gauche et maladroite.

Avec un peu plus d'expérience, elle aurait sans doute eu davantage confiance en elle... Malheureusement, elle vivait sa première histoire sentimentale et était en train de tout gâcher.

Si seulement elle se sentait moins impliquée...

Ce serait tellement plus facile si elle n'avait pas autant envie de le rendre heureux !

Elle était sous le charme. Il était difficile et exigeant, mais aussi extraordinairement beau, fascinant, addictif... Dès qu'il apparaissait, quelque chose en elle s'éclairait, une sorte de feu intérieur. Sans lui, elle se sentait nerveuse, incomplète. Il suffisait qu'il apparaisse pour que sa nervosité s'apaise.

Son anxiété avait sans doute de multiples causes. Outre qu'elle n'avait jamais eu de relations sexuelles avant lui, elle était en proie à une insécurité fondamentale. Aucun homme ne l'avait jamais désirée et sa famille l'avait toujours rejetée.

— Tu n'es pas partie.

Elle se redressa en entendant Damen.

— Non. Je ne voulais pas m'avouer vaincue.

Elle fut récompensée par un petit sourire.

— Tu prends plaisir à me provoquer.

— Désolée.

— J'avoue que je n'essaie pas non plus de calmer le jeu.

Elle lui jeta un regard incertain.

— Je ne fais pas exprès d'être retorse…

— N'exagère pas. Tu me plais telle que tu es.

La tension de Kassiani se dissipa légèrement.

— C'est vrai ?

— Tu ne vas pas recommencer à mettre mes propos en doute !

Elle secoua la tête avec empressement.

L'air se chargea d'électricité quand il l'enveloppa d'un regard brûlant.

— J'ai une ou deux idées pour te convaincre, mais cela attendra le dessert, dit-il nonchalamment. Mon chef a dressé deux couverts dans le bar à vins. Tu m'accompagnes ?

Elle se leva en souriant.

— Avec plaisir.

Un grand lustre vénitien éclairait l'escalier. Kassiani admira l'extraordinaire travail du verre façonné en fleurs multicolores qui jetaient des reflets roses, mauves et dorés sur les murs. En apercevant l'ombre du profil de son mari, elle tressaillit avec un pincement au cœur. Elle se troublait comme une adolescente…

Son sursaut n'échappa pas à Damen, qui esquissa un sourire.

— À quoi penses-tu ?

— À rien… Je suis subjuguée par ta beauté.

— Tu me flattes.

— Pas du tout. Tu ne dois plus compter tes admiratrices.

Ses paroles déclenchèrent une réaction inattendue. Il plissa le front et ses traits se durcirent.

— La plupart des femmes désirent l'impossible. Tu n'as pas à être jalouse. Aucune ne m'intéresse à part toi. Je te serai fidèle.

Il s'arrêta en haut des marches et plongea son regard gris dans le sien.

— Je n'ai plus de maîtresse et je n'en reprendrai pas. Je ne te tromperai pas, je te le promets. Tu comprends ?

Elle hocha la tête.

— Bien. J'attends la même chose de toi.

— Naturellement, répliqua-t-elle, décontenancée par son ton solennel.

Damen était souvent grave. Manifestement, son passé mystérieux avait laissé des cicatrices indélébiles.

Le dîner fut succulent, des crevettes *saganaki* aux coquilles Saint-Jacques accompagnées de pâtes *al dente*, avec pour finir un entremets appelé *galaktoboureko* qui fondait dans la bouche.

— À quoi penses-tu ? demanda Kassiani en reposant sa tasse de café.

— Tu le sais.

— Dis-le quand même.

— Les mots me fatiguent.

Elle lui lança un sourire provocateur.

— Moi, je n'en ai jamais assez.

Le rire de Damen fit courir un frisson sur sa peau.

— Attention à toi. Tu risques d'être punie sévèrement. Je vais te mettre à genoux…

Instantanément, une chaleur intense envahit Kassiani et ses seins se durcirent.

— Je ne te dirai jamais non.

L'atmosphère se tendit, lourde de désir, tandis que Damen se levait pour la rejoindre.

— Tu es loin d'être aussi craintive et farouche que tu le parais… Je te l'ai déjà dit, non ?

— Oui.

— Ah.

Il appuya sur un bouton à côté du bar et un store descendit sur les baies vitrées. Un autre bouton actionna la fermeture automatique de la porte.

— Les caméras de surveillance sont désactivées ? demanda Kassiani.

— Oui, je m'en suis occupé.

Il lui fit signe.

— Approche.

Elle obéit docilement et haussa un sourcil interrogateur.

— Plus près.

Le cœur battant, elle fit un pas de plus. Ils se touchaient presque.

Damen lui fit faire un demi-tour sur elle-même et descendit la fermeture Éclair de sa robe, qui glissa à terre dans un bruissement d'étoffe, révélant un bustier et un porte-jarretelles noirs. Il émit un petit sifflement admiratif, puis prit ses seins dans ses paumes et suivit les contours de sa silhouette jusqu'aux hanches.

— C'est ravissant !

— Et sexy, non ?

— Absolument. Où as-tu trouvé cela ?

— Je l'ai acheté en Californie pour aller avec ma robe. Il faut toujours assortir une jolie toilette avec de la lingerie fine. Tu ne crois pas ?

— Je suis tout à fait d'accord, murmura-t-il d'une voix lascive. Tu mets mon self-control à rude épreuve.

— Et tu n'aimes guère cela, le taquina-t-elle en déboutonnant sa chemise.

Elle s'attaqua ensuite à la boucle de sa ceinture et le débarrassa de son pantalon en un tour de main.

Dès qu'il fut nu, il la souleva dans ses bras pour la porter sur un canapé de cuir fauve, dans un coin. Durant un long moment, il se contenta de la détailler minutieusement, des pieds à la tête. Apparemment satisfait de son inspection, il emprisonna ses poignets dans une main et les maintint au-dessus de sa tête pendant qu'il explorait ses courbes féminines, d'abord légèrement, en effleurant la douceur du satin, puis en s'insinuant sous la dentelle. Des picotements exquis coururent sur la peau de Kassiani, jusqu'au bout des terminaisons nerveuses.

Il s'installa à califourchon au-dessus d'elle, avec son membre érigé sur son ventre.

— De quoi as-tu envie ?

— De toi, répondit-elle sans hésiter.

Il eut besoin de ses deux mains pour déchirer son string. La suite, d'une délicatesse absolue, démentit son apparente brutalité. Il embrassa avec beaucoup de douceur son sexe aux lèvres veloutées et elle bascula trop vite à son gré dans l'extase. Il remonta alors le long de son corps, et Kassiani l'accueillit en elle avec un plaisir fou.

Après avoir fait l'amour sur le canapé du bar à vins, ils recommencèrent dans la chambre de maître avec la même ardeur et la même fougue. À minuit passé, tandis que Kassiani se demandait si elle devait retourner dans sa suite, Damen la devança.

— Reste ici.

— Et toi ?

— Je ne passe jamais la nuit avec une femme. Ce n'est pas contre toi, je te promets. Je ne peux pas dormir avec quelqu'un.

— Depuis quand ?

— Kass, maugréa-t-il.

Elle se pelotonna contre lui.

— D'accord, assez de questions pour ce soir.

Elle ferma les paupières en savourant ses caresses sur son dos et ses hanches. Elle aurait tant aimé prolonger jusqu'au matin le bonheur d'être avec lui… Il était calme et détendu, après l'amour, presque un autre homme.

Elle s'assoupissait quand il la réveilla avec une question.

— Tu as beaucoup d'argent ?

Elle fronça les sourcils sans comprendre avant de se rappeler la conversation qu'ils avaient eue à ce sujet.

— Pas énormément, mais suffisamment pour assurer mon indépendance économique et vivre seule en cas de nécessité.

— Tu n'en auras pas l'occasion. C'est mon devoir de prendre soin de toi. Je suis responsable de toi et de notre famille…

— Nous n'avons pas encore d'enfants.

— Mais nous en aurons. Et tu seras une bonne mère.

— Tu seras un bon père aussi.

Il se durcit.

— Ne dis pas cela. Nous avons décidé d'être amis et de nous parler franchement.

— Je le pense sincèrement. Avec le temps, tu te livreras davantage.

— Je n'y compterais pas trop, à ta place.

— Je suis optimiste, dit-elle en pressant son poing fermé contre son torse. Je n'ai pas abandonné la partie et je suis déterminée à en savoir davantage sur toi. Tu ne me parles jamais de ton enfance. Tu n'évoques jamais de souvenirs personnels. Pourquoi ne t'ouvres-tu pas juste un tout petit peu ? Qu'y aurait-il de si terrible ?

— Je n'aime pas le passé. Seul l'avenir m'intéresse.

— Je respecte ce point de vue. Mais te rends-tu compte du mystère que tu représentes ? Alors que tu sais tout de moi et de ma famille…

Elle s'interrompit en faisant la moue.

— Enfin, tu connais bien les Dukas, en tout cas.

— Que veux-tu exactement ? Aller dans mon village ? Voir la maison où je suis né ?

— Oui ! Oui, s'il te plaît. Tu es sérieux ?

— Non ! grogna-t-il.

— Pourquoi ? J'adorerais visiter l'île où tu as grandi, me promener dans les oliveraies, aller voir le pressoir et les ruches…

— Doucement.

Il l'embrassa pour endiguer le flot de paroles. Aussitôt, la passion les emporta jusqu'à l'égarement. Quand il releva la tête, elle avait du mal à respirer.

— Je ne parlais pas sérieusement, chaton, dit-il en repoussant une mèche de cheveux derrière son oreille.

Mais cela te ferait vraiment plaisir d'aller à Adras plutôt qu'à Santorin ou en Crète ?

— Oui, je serais enchantée.

— C'est une toute petite île, très rustique.

— Tant mieux.

— Tu risques d'être déçue.

— Non, je serai très contente.

Après une journée de navigation, ils atteindraient Adras dans la soirée.

Très excitée à la perspective de découvrir l'île natale de Damen, Kassiani le bombardait de questions. Parfois, il éludait ou répondait à côté, mais elle persévérait. Il ne restait plus qu'une heure avant de jeter l'ancre quand elle l'interrogea sur ses parents.

— Ils seront là quand nous accosterons ? Sont-ils encore vivants ?

Avec un soupir, Damen tira son fauteuil à l'ombre d'un parasol.

— Mon père est mort il y a dix ans, mais ma mère habite toujours au village.

— Où logerons-nous ?

— Dans ma villa, un peu à l'écart. Mais j'ai une voiture sur place.

— Tout le monde sait que tu es marié ?

— Oui. Quoique la plupart des gens doivent croire que j'ai épousé Elexis.

Elle se tut en s'efforçant de calmer l'anxiété suscitée par cette information.

— À quoi penses-tu ?

Kassiani baissa les yeux vers le simple anneau d'or qu'il avait glissé à son doigt lors de la cérémonie, la semaine précédente.

— Parfois, j'oublie que tu devais te marier avec Elexis.

Il suivit son regard.

— Je t'offrirai une belle bague quand nous rentrerons à Athènes.

— Ce n'est pas la peine. Celle-ci me convient.

— Ta sœur avait…

— Je préférerais ne pas parler d'elle.

— Juste maintenant ou le reste du temps ?

— Je ne la porte pas vraiment dans mon cœur. Nous n'avons jamais été proches.

— Tu es jalouse ?

— Nous avons quatre ans d'écart et avons toujours eu des valeurs et des centres d'intérêt différents. Je l'admire par certains côtés, parce qu'elle est la personne que je ne pourrai jamais être… Cela n'a pas été facile de grandir dans son ombre.

— Cela a dû être difficile aussi pour Elexis d'avoir une sœur cadette précoce et brillante. Il a fallu qu'elle trouve un domaine où s'affirmer.

— Elle est fantastique. Tout le monde la regarde et l'admire.

— Moi aussi, je te regarde et je t'admire.

Une douce chaleur irradia Kassiani, avec l'espoir qu'un jour peut-être leur relation ne serait plus seulement physique. Que des sentiments naîtraient. De l'amour.

Elle s'immobilisa.

Elle ne pouvait pas s'aventurer sur ce terrain-là, pas encore… Damen serait-il jamais capable de l'aimer ? De lui offrir ce dont elle avait besoin ?

Matériellement, elle avait tout ce qu'il lui fallait.

C'était d'amour qu'elle avait besoin.

Le cœur serré, elle concentra son attention sur d'autres sujets.

— Tes cousins devaient assister à la réception de mariage, mais pas ta mère, je crois. Elle n'est pas venue à Athènes, n'est-ce pas ?

— Non, elle n'aime pas voyager.

— Pourquoi n'as-tu pas choisi l'église de ton village pour la cérémonie religieuse ?

— Elle est beaucoup trop petite. En plus, il n'y a pas d'hôtels à Adras.

— Ta villa n'aurait pas suffi pour loger les invités ?

— Il n'y avait pas d'endroit assez grand pour la réception… Les gens du coin auraient eu l'impression d'être envahis. Ma mère, surtout. Elle n'aime pas attirer l'attention.

— Elle ne s'est pas sentie exclue ?

— Je lui ai offert le billet d'avion. Elle a dit non. J'ai proposé de venir la chercher en bateau, elle a refusé. Il valait mieux ne pas insister. C'est une femme simple et modeste, qui préfère rester dans son élément et n'aime pas côtoyer d'autres milieux.

— Tu la vois seulement quand tu rentres à Adras ?

— Oui.

— C'était quand, la dernière fois ?

— À Noël.

Il réfléchit.

— Mais pas l'année dernière, celle d'avant.

Presque un an et demi… Kass choisit soigneusement ses mots.

— Tu me la présenteras ?

— Avant de repartir, oui.

— Pas en arrivant ?

— Rien ne presse. Prends d'abord le temps de t'installer et de te familiariser avec l'environnement.

— Tu as peur que cela se passe mal ?

Il y avait souvent des tensions entre les mères et les belles-filles. Yia-yia, sa grand-mère paternelle, n'avait jamais accepté Liliana, la mère de Kassiani…

— Ne t'inquiète pas pour moi. Je ne vais pas m'effondrer parce que je ne plais pas à ta mère.

— Pourquoi manques-tu à ce point de confiance en toi ? s'écria-t-il, presque scandalisé. Moi, j'apprécie ta compagnie ! C'est autorisé, j'espère ?

De nouveau, elle perçut une lueur d'espoir au fond d'elle-même.

— Tant mieux, murmura-t-elle avec un charmant sourire.

Le soleil était encore relativement haut dans le ciel quand le yacht de Damen arriva en vue d'Adras. Il faisait un temps toujours aussi merveilleux, et le bleu du ciel se confondait à l'horizon avec celui de la mer.

Kassiani se retourna en sentant le regard de Damen, qui l'observait. Un flot de sensations l'inonda. Même sans la toucher, il exerçait un pouvoir incroyable sur son corps. Des réminiscences de la veille envahirent son esprit. Il avait fait durer son plaisir jusqu'à l'incandescence, se retirant plusieurs fois alors qu'elle était au bord de la jouissance. Toute tremblante, elle avait dû le supplier de rester en elle, de ne plus la laisser. Après un orgasme d'une intensité inouïe, il l'avait tenue longtemps dans ses bras, serrée contre lui. Perdue dans une demi-inconscience, entre le rêve et la réalité, elle avait savouré le bonheur d'une communion parfaite, comme si les deux moitiés d'un tout étaient enfin réunies pour ne plus former qu'un seul être.

Elle avait conscience qu'il s'agissait d'un mariage arrangé, mais l'intimité sexuelle exacerbait ses attentes autant que ses désillusions.

— Nous arrivons.

La voix de Damen fit irruption dans sa rêverie. Ils approchaient d'un ponton au bas d'une falaise.

— L'eau est très profonde, remarqua-t-elle.

— Oui, il n'y a pas de plage de ce côté, mais la vue est fantastique depuis la villa.

Pendant qu'il lui montrait une construction blanche, en haut d'une pente herbeuse, l'équipage amarra le yacht et deux jeeps dévalèrent la colline à leur rencontre.

Damen offrit son bras à Kassiani et la hissa à bord du premier véhicule en la prenant par la taille. Comme chaque fois qu'il la touchait, elle fut prise d'un frisson incoercible.

— Ta mère pourrait venir dîner avec nous ce soir ? suggéra-t-elle quand il s'installa au volant.

— Non.

— Pour dire bonjour ou prendre le thé, alors ?

— *Non.* Tu feras sa connaissance plus tard. C'est inutile, pour le moment.

— Mais, enfin, c'est ta mère, Damen ! Si je veux avoir de bonnes relations avec elle, je dois lui témoigner quelques égards…

— Elle n'occupera pas une grande place dans ta vie, Kassiani. Ton insistance commence à m'ennuyer.

Kass serra les poings.

— Mon avis n'a aucune importance pour toi ?

— La discussion est close.

Elle le fixa rageusement. Il la considérait vraiment comme un objet, pas du tout comme une personne à part entière.

— Je ne suis pas une employée à qui tu peux donner des ordres ! lança-t-elle. Rien ne m'oblige à t'écouter et t'obéir. Je serais plus réceptive si tu me traitais sur un pied d'égalité.

— Je ne vais pas discuter maintenant, grogna-t-il. Pas devant mon personnel.

Piquée au vif, horriblement vexée, elle se détourna. Comment Damen pouvait-il montrer autant de facettes différentes ?

Leurs merveilleuses nuits d'amour lui faisaient perdre la tête. Elle ne représentait rien pour lui, pas davantage en tout cas qu'une transaction commerciale, un contrat d'affaires. Lui, en revanche, était le mari de ses rêves. L'homme qu'il lui fallait. Celui qu'elle… aimait.

Ses yeux la piquaient et elle avait la gorge sèche. Il ne servait à rien de lutter contre ses sentiments, qui se renforçaient malgré elle.

— Boucle ta ceinture, ordonna-t-il en mettant le contact.

Elle obtempéra sans mot dire. C'était donc vrai ? Elle était tombée amoureuse de son mari ? Par inadvertance, sans même s'en rendre compte…

10.

Immense, somptueuse, la villa s'étalait dans toutes les directions, avec des tourelles et des patios, des fontaines, des bassins et des piscines. D'une élégance contemporaine, elle n'était pas froide pour autant. Les pièces aux murs blancs, avec de hauts plafonds, donnaient toutes sur la mer. Les touches de couleur étaient apportées par les carreaux de céramique des cours intérieures, les poteries vernissées disposées çà et là sur des bahuts, et les jolis tissages des coussins et des canapés. Au-dehors, une profusion de bougainvillées roses et mauves enchantait le regard.

Après un bref tour du propriétaire, Damen conduisit Kassiani dans une suite luxueuse.

— Nous faisons chambre à part ? demanda-t-elle quand il sortit.

Il s'arrêta un instant sur le seuil.

— Je sais où te trouver la nuit.

Elle s'efforça de garder un ton léger.

— Et moi ? La villa est vaste.

— Tu demanderas aux domestiques.

— Je préférerais que tu me montres.

— Tu cherches la dispute.

Elle ouvrit la bouche pour protester, mais finit par acquiescer.

— Tu as raison. Je suis juste… anxieuse.

— Pourquoi ?

— Je veux te rendre heureux.

— Cesse de t'évertuer.

— Je voudrais que nous formions un vrai couple.

— Cela n'arrivera pas du jour au lendemain. Il faudra du temps. Ce sera plus naturel quand nous aurons des enfants.

Elle essaya de refouler les émotions qui montaient.

— Et s'il nous faut plusieurs années ? Si nous n'y arrivons pas…

— Nous sommes mariés depuis une semaine ! Pourquoi imaginer le pire ? Tu vas juste te rendre malheureuse.

— Tu as raison. Je suis d'accord.

Elle inspira profondément pour calmer ses palpitations.

— J'aimerais simplement… me *sentir* mariée.

— Nous sommes mariés. Cela suffit.

— J'ai l'impression que tu me repousses.

— Chaton, tu es toutes les nuits dans mes bras.

Elle se ressaisit avec difficulté.

— Cela va peut-être te surprendre, mais je déteste les conflits. Vraiment. Je ne discute pas pour le plaisir, ni pour gagner une guerre imaginaire. Je voudrais me rapprocher de toi…

— Tu es plus proche de moi que personne ne l'a été depuis de longues années. N'insiste pas. Cela n'arrangera rien.

— Je veux être ton amie.

— Alors écoute-moi bien. Je n'ai aucun problème avec l'homme que je suis. Ne me brusque pas. Si tu me forces, il n'en résultera que de l'animosité. Je suis ainsi. Tu n'obtiendras pas davantage. Ni maintenant ni jamais.

Ils ne dînèrent pas ensemble ce soir-là et il ne la rejoignit pas dans sa chambre. Kassiani s'en félicita. Ou du moins elle essaya de se persuader que c'était très bien ainsi, assise sur le balcon, un châle sur les épaules. Il ne faisait pas froid, mais elle frissonnait.

C'était toujours comme cela, entre eux. Un pas en avant, trois en arrière. Il ne fallait pas s'étonner.

Les paroles de Damen la poursuivaient.

« Tu n'obtiendras pas davantage. Ni maintenant ni jamais. »

Les jambes repliées, Kassiani posa le menton sur ses genoux. Elle devrait apprendre à être forte, à ne pas se laisser anéantir par les disputes et les remarques désagréables. Elle ferait de son mieux pour se comporter en bonne épouse, mais l'amour n'aurait pas dû la faire autant souffrir.

Qu'était-il arrivé à Damen pour qu'il soit à tel point endurci ? Pourquoi méprisait-il tant les sentiments ?

Il s'était forcément passé quelque chose. Pour le comprendre et l'aider, elle avait besoin de savoir quoi. S'il ne voulait pas lui en parler, il y aurait bien quelqu'un pour la renseigner.

Damen chercha vainement Kassiani le lendemain. Les domestiques l'avaient vue au petit déjeuner et le midi. Après avoir mangé sur la terrasse, elle avait pris le soleil au bord de la piscine et s'était promenée dans le jardin. Depuis, elle était introuvable.

Un jardinier finit par lui fournir une information un peu plus utile.

— Elle a emprunté une bicyclette et m'a demandé le chemin pour aller au village.

Damen réprima un soupir d'énervement. Décidément, elle n'en faisait qu'à sa tête et ne l'avait pas attendu. Elle ne lui avait même pas demandé sa permission.

Il soupçonnait vaguement où elle était. Encore une fois, elle ne tenait aucun compte de ce qu'il pouvait dire ou penser.

Il se dirigea rageusement vers le garage et monta dans une jeep. Si Kassiani était allée voir sa mère sans son autorisation, elle allait l'entendre !

Le trajet à bicyclette s'avéra plus long que prévu mais, une fois arrivée au village, Kassiani n'eut aucun mal à trouver Mme Alexopoulos. Elle demanda son chemin à plusieurs personnes, qui la renseignèrent volontiers. Manifestement, les gens savaient qui elle était et lui répondirent avec respect.

Malgré le trac et l'appréhension, elle s'engagea avec détermination sur le sentier qui conduisait à une petite maison à étage. Elle souhaitait sincèrement se comporter en belle-fille exemplaire.

— Mme Alexopoulos ? commença-t-elle poliment.

La propriétaire des lieux inclina la tête. C'était une femme petite et sèche, avec des cheveux noués en chignon sur sa nuque, qui portait un tablier sur sa jupe et son chemisier. Damen avait sûrement hérité de son père pour la taille, mais il avait les yeux gris et les pommettes hautes de sa mère.

— Je suis Kassiani.

Elle lui tendit un bouquet de fleurs cueillies dans le jardin de la villa.

— La femme de Damen, poursuivit-elle. J'avais très envie de faire votre connaissance.

Mme Alexopoulos accepta les fleurs sans grand enthousiasme. Quand elle rentra et les mit dans un pichet en terre, Kassiani la suivit, un peu gênée par son silence.

L'intérieur, aussi simple que l'extérieur, avait une seule pièce au rez-de-chaussée, meublée à l'ancienne, avec une cuisine attenante et une cheminée. Dans un coin, un escalier branlant menait à la chambre, à l'étage.

— Damen n'est pas venu avec vous ? demanda enfin Mme Alexopoulos.

Kassiani fit taire son anxiété.

— Il avait du travail.

La mine sévère de la vieille dame accentua le malaise de Kassiani. Elle avait peut-être commis une erreur en venant.

— Comment va mon fils ?

— Bien. Il travaille beaucoup.

— Hum. Vous êtes la sœur, n'est-ce pas ?

— Je ne suis pas Elexis, en effet.

Kassiani était maintenant convaincue d'avoir pris une très mauvaise initiative. Mais elle ne pouvait plus reculer.

— Je suis désolée que vous n'ayez pas pu assister au mariage. La cérémonie était très réussie…

— Ah ? Vous n'êtes pas restée à la réception, je crois.

— J'étais nerveuse. Je n'aime pas trop les réceptions.

— Moi non plus.

Il y eut un nouveau silence.

— Comment est-il, comme mari ? lança Mme Alexopoulos abruptement.

Kassiani hésita un long moment.

— Il sera un bon chef de famille.

— Il n'était pas ainsi quand il était petit. C'était un gentil garçon, très affectueux.

Kassiani ne voulait pas trahir Damen, juste le comprendre, pour l'aider et se sentir mieux avec lui.

— Il refuse les sentiments, dit-elle avec circonspection. Mais tout le monde a besoin d'amour.

La mère de Damen baissa la tête avec une expression songeuse.

— Il ne sait pas que vous êtes ici, n'est-ce pas ?

— Non.

— Hum. Vous lui manquez de respect.

— *Non.* Je veux le rendre heureux. Je… J'ai des sentiments pour lui, confia Kassiani en choisissant soigneusement ses mots. J'espérais que vous pourriez m'aider, me dire comment m'y prendre. Il est très réservé.

— Il ne parle pas.

— A-t-il toujours été comme cela ?

— Enfant, il était…

Mme Alexopoulos s'interrompit, le regard sombre.

— Parfait.

Parfait.

Le cœur au bord des lèvres, la gorge nouée, Kassiani

se tut et détourna les yeux. Subitement écrasée de fatigue, elle comprit qu'elle s'était trompée en rendant visite à la mère de Damen. En plus, il serait furieux.

— Je l'aime, murmura-t-elle. Il ne veut pas, mais je n'y peux rien. La vie est parfois étrange…

La vieille dame l'étudia avec attention.

— Demandez-lui de vous parler d'Aida. Il acceptera peut-être.

Kassiani retournait à la villa à vélo en se répétant tout bas le nom d'Aida quand elle aperçut une jeep en sens inverse. Elle se prépara nerveusement à affronter Damen, qui s'arrêta à sa hauteur.

— Tu te promènes ? lança-t-il.

Il était tellement beau que les mots de sa mère résonnèrent dans l'esprit de Kassiani. « Il était parfait. »

Un poids comprima sa poitrine. Il l'était toujours. Physiquement, en tout cas.

— C'est une journée magnifique, répliqua-t-elle.

— Où es-tu allée ?

— Au village. Je rentre.

— Je te raccompagne.

Sans lui laisser le temps de protester, il descendit de sa voiture pour charger la bicyclette dans le coffre arrière. Au bout de quelques minutes, il se gara à l'ombre, sur le bas-côté.

— Je n'ai pas envie de jouer au plus malin, déclara-t-il sèchement. Pas de cachotteries, s'il te plaît.

— D'accord.

— Qui as-tu rencontré ?

— Je suis allée chez ta mère.

Il ferma les paupières en se massant les tempes.

— Pourquoi ?

— Par courtoisie. C'est ma belle-mère. Je lui ai apporté des fleurs.

Il soutint son regard, comme pour la mettre au défi d'en dire davantage. Le courage de Kassiani lui manqua.

Ce n'était sûrement pas le moment de poser des questions sur Aida.

De retour à la villa, Damen confia le vélo à un jardinier pour qu'il le range et ignora complètement Kassiani, comme s'il ne supportait plus sa présence.

Clouée sur place, elle faillit crier pour le rappeler. Cela n'aurait servi qu'à exacerber les tensions…

Pourtant, elle avait terriblement envie d'être avec lui.

Elle avait envie de lui.

Elle l'aimait.

Kassiani le suivit jusqu'au bout d'un couloir, où se trouvait son bureau, qui donnait sur un patio avec une fontaine et la mer à l'horizon.

— Oui ? demanda-t-il quand elle referma la porte.

— Nous devrions inviter ta mère à dîner, ce soir ou demain. Elle serait contente…

— Tu ne la connais pas.

— Justement, ce serait l'occasion. J'ai perdu la mienne à quinze ans, s'empressa-t-elle d'ajouter quand il se ferma. Cela me ferait plaisir, à moi aussi.

— Elle ne comprendrait pas notre mode de vie. Elle nous trouverait… extravagants.

— Ne la rejette pas. Laisse-lui une chance.

Il la toisa avec arrogance.

— Tu n'as aucune confiance en moi, si tu discutes chacune de mes décisions.

— J'aimerais partager davantage.

— Cela n'arrivera pas.

— Si nous sommes amis…

— Peut-être pas, finalement.

— Damen !

Il rejeta les épaules en arrière.

— Très bien. Je vais te dire la vérité, alors. J'ai brisé le cœur de ma mère, il y a longtemps, et fait beaucoup de mal à d'autres personnes. Je ne veux pas que cela se reproduise. Point final.

Kassiani souffrait dans sa chair de l'entendre parler ainsi. Pour la première fois de sa vie, elle regrettait de ne pas être Elexis. Le passé de Damen aurait laissé sa sœur complètement indifférente. Elle se serait uniquement intéressée à son argent et se serait moquée du reste. Elle aurait profité de la liberté qu'il lui offrait pour faire la fête et voyager, sans s'offusquer d'être un objet sexuel pour un mari très peu présent.

Kassiani esquissa une moue de dégoût. Elle n'aimait pas Damen pour sa richesse mais pour sa personne, malgré son caractère abrupt et difficile. Il était son mari et elle avait besoin qu'il l'aime en retour.

— Je respecte ton point de vue, répondit-elle avec circonspection. Néanmoins, je te demande de réfléchir à ma requête. Même si tu ne veux plus de relations avec ta mère, j'ai peut-être besoin d'une figure maternelle dans ma vie.

À ces mots, elle quitta la pièce avant que la conversation ne s'envenime une nouvelle fois.

Damen poussa un soupir excédé. Il n'aurait jamais dû emmener Kassiani à Adras. Il avait eu tort de céder. C'était une erreur monumentale.

Tant d'eau avait coulé sous les ponts, depuis son départ d'Adras… On ne pouvait pas revenir en arrière et effacer le passé.

Il n'avait jamais pu oublier. D'ailleurs, le voulait-il vraiment ? Il ne se pardonnerait jamais.

Dans un état d'agitation extrême, Kassiani faisait les cent pas dans sa chambre quand les reflets du soleil, à la surface de la piscine, attirèrent son regard. Un bain la calmerait.

Effectivement, quelques brasses dans l'eau fraîche la détendirent. Ses soucis s'estompèrent.

Tout s'arrangerait.

Il fallait juste un peu de patience.

Cela valait la peine de ronger son frein et de se battre.

Une ombre se profila et elle rouvrit les yeux. Damen s'était changé pour revêtir un costume sombre et une chemise blanche. Elle mit sa main en visière et se rapprocha du bord.

— Où vas-tu ?

— À Athènes.

Le cœur de Kassiani se contracta.

— Maintenant ?

— Tout à l'heure. La gouvernante est en train de faire tes bagages. Je lui ai demandé de laisser une tenue de rechange sur ton lit.

— Pourquoi repartons-nous aussi vite ? demanda Kassiani, l'estomac noué. Nous venons d'arriver.

— C'était une erreur de t'emmener ici.

— Non…

— Tu sais que je répugne à évoquer le passé. Je voulais juste te montrer mon île natale. Maintenant que tu as vu la maison où j'ai grandi et que tu as rencontré ma mère, nous n'avons aucune raison de nous attarder. Je vais pouvoir recommencer à travailler.

— Et notre voyage de noces ?

— Je n'ai plus envie de poursuivre cette comédie contre-productive…

— Nous devions passer quinze jours ensemble, protesta-t-elle. Tu avais promis deux semaines à Elexis.

— Peut-être, mais à toi je n'avais rien promis. Tu n'es même pas censée être ma femme.

Elle sortit de l'eau et s'enveloppa dans une serviette.

— Tu es très méchant, et pas fair-play du tout.

— Pourquoi es-tu constamment en train de fureter et fouiner ? Je t'ai déjà donné infiniment plus qu'à aucune autre femme…

— Sauf Aida.

Il pâlit et un éclair brilla dans ses yeux gris.

— Qu'as-tu dit ?

— Aida, répéta-t-elle plus doucement

— Que sais-tu d'elle ? Qui t'en a parlé ?

— Ta mère.

Il comprima les lèvres.

— Nous n'aurions jamais dû venir à Adras. J'aurais dû me méfier. De vous deux.

— C'est ta mère.

— Certes. Mais je ne lui dois rien. Je lui assure une vieillesse paisible. Elle a eu les quatorze premières années de mon existence, le reste ne lui appartient pas.

— Elle dit que tu n'as pas toujours été aussi dur. Il s'est passé quelque chose qui t'a changé. Aida…

— Cesse de répéter son nom.

— C'était ton amoureuse ?

Il se détourna rageusement.

— Tu ne sauras rien. Je ne te dirai rien.

— Si tu me parlais, je pourrais peut-être t'aider, Damen.

— Personne ne peut rien. La porte est refermée sur le passé. Je ne la rouvrirai pas.

— C'est dommage, parce que le passé te retient entre ses griffes et est en train de tout détruire.

Damen se tendit, prêt à bondir.

— Ce qui est arrivé est sordide. Abominable. Dès que j'essaie de l'évoquer, un pouvoir destructeur s'empare de moi, incontrôlable…

— Qui t'a fait du mal ?

— *Quoi ?*

— Damen, ne me repousse pas. Laisse-moi t'aider, s'il te plaît.

— À quoi joues-tu ? Tu n'es pas psychanalyste. Ce n'est pas toi qui vas résoudre mes problèmes.

— Au moins, tu as conscience d'avoir des problèmes.

Il lui fit face sauvagement.

— Tu t'amuses bien ? Tu te sens rassurée sur ton propre compte, maintenant ! Finalement, le mouton noir de la famille Dukas…

— Pourquoi m'agresses-tu ?

— Tu en fais une affaire personnelle. Tu insistes et tu me provoques pour me rabaisser.

— Non. Tu te trompes.

— Vraiment ?

Il inspira profondément.

— Tu veux savoir qui est Aida ? Je vais te le dire. C'était la femme de l'homme qui possédait l'île d'Adras. Elle était belle et très gâtée, mais son vieux mari ne la satisfaisait pas sur le plan sexuel. Elle voulait un beau jeune homme viril et vigoureux dans son lit et elle a jeté son dévolu sur moi. J'avais quinze ans et je n'avais aucune envie de devenir son amant. J'avais une petite amie, Iris, que je connaissais depuis l'école primaire et avec laquelle je voulais me marier plus tard. Aida s'en moquait éperdument. Grand et musclé pour mon âge, je paraissais beaucoup plus vieux. Son mari m'a soumis à un odieux chantage. Si je ne cédais pas aux instances d'Aida, il licencierait mes parents et les jetterait dehors. Nous serions sans ressources, à la rue. Je n'avais qu'à coucher avec sa femme et tout irait bien pour nous.

Maintenant que Damen acceptait de tout lui raconter, Kassiani avait envie de l'arrêter. Rien ne l'avait préparée à de pareilles horreurs.

— Pendant une année entière, ma vie leur a appartenu. J'étais la chose d'Aida. Le sexe était à la fois exaltant et atroce. Elle m'apprenait comment satisfaire une femme, mais je n'avais plus aucun respect pour moi-même. Je me détestais. Nos relations devaient rester secrètes. Cela faisait partie de l'arrangement et j'étais persuadé que personne n'était au courant, en particulier mon père et ma mère. Cela me permettait de garder la tête haute, de ne pas me sentir ravalé au rang de sex-toy. En réalité, presque tout le monde savait sauf mes parents. Ils l'ont appris un peu avant mon seizième anniversaire, de la bouche d'Iris.

Un lourd silence tomba.

— Iris a rompu avec toi ? demanda enfin Kassiani.

— Non. Elle a eu pitié de moi et m'a pardonné au prétexte que ce n'était pas ma faute. Mais cela l'était. Si j'avais été un homme, j'aurais refusé d'être manipulé.

— Tu étais très jeune…

— Pas seulement. J'étais pauvre et sans éducation, donc sans pouvoir de contrôle d'aucune sorte. C'était mon seul crime.

Les pièces du puzzle se mettaient en place dans l'esprit de Kassiani, qui comprenait brusquement son refus de toute émotion et son besoin de domination dans les jeux érotiques, ainsi que son désir de trouver une femme aussi dure et insensible que lui…

— Tu aimes encore Iris ? chuchota-t-elle.

— L'inquisition continue ! Le passé est mort…

— Non. Il continue à te hanter et à colorer chaque instant de ta vie présente.

Il s'éloigna en poussant une exclamation de colère, mais elle le suivit.

— Tu voulais épouser Elexis parce qu'elle est égocentrique et incapable d'aimer. Tu n'avais pas peur de la décevoir ou de la faire souffrir comme Iris.

— Tu ne sais pas ce que tu dis. Iris était adorable et totalement innocente…

Il s'interrompit, le visage sombre.

— Cela suffit, maintenant. Tais-toi. *S'il te plaît.*

Son ton implorant surprit Kassiani. C'était aussi la première fois qu'il parlait de quelqu'un avec respect et émotion. Iris avait sans doute été son premier et dernier amour.

— Tu aurais dû l'épouser, suggéra-t-elle doucement. Tu aurais été heureux.

— Le bonheur n'existe pas.

— Si. C'est toi qui ne veux pas être heureux et te tortures inutilement. Tu aurais pu aller de l'avant avec Iris…

— Iris est morte, grogna-t-il en se retournant. Elle a mis fin à ses jours quand j'ai quitté Adras.

Incapable de réagir, Kassiani garda le silence. Elle comprenait mieux Damen, maintenant. Malheureusement, tant qu'il restait prisonnier de son chagrin, rien ne s'arrangerait entre eux. Sa souffrance le rendait cruel et brutal, inaccessible.

— Pourquoi as-tu acheté l'île ? demanda-t-elle enfin.

— Pour me venger de Spiro et Aida. Je les ai dépouillés de tout, leurs biens, leurs moyens d'existence, leur réputation. Il ne reste plus aucune trace d'eux à Adras. Cela m'a fait du bien. J'ai sans doute vécu là le meilleur moment de mon existence.

Envahie par une sensation nauséeuse, Kassiani rajusta la serviette sur sa poitrine.

— Tu avais peut-être d'excellents résultats scolaires, ajouta Damen moqueusement, mais tu ne sais rien de la vraie vie. Je ne suis pas un homme blessé qui a besoin qu'on vole à son secours. Je n'ai aucune envie d'être sauvé. D'ailleurs, contrairement à ce que tu penses, je ne suis pas insensible. Je ressens du plaisir quand je fais du mal aux autres.

— Tu te trompes sur toi-même. Tu es aveugle parce que tu souffres. Tu es un homme bien, digne d'amour…

— Arrête.

— Je t'aime, Damen, mais tu as besoin d'être aidé. Je…

— Cela suffit. La discussion est close.

Ils rentrèrent à Athènes par hélicoptère. De là, un chauffeur conduisit Kassiani à la villa du cap Sounion, seule. Damen restait dans l'appartement qu'il possédait dans la capitale.

Ce fut bizarre, pour Kassiani, de se retrouver dans la chambre où elle avait d'abord été logée en tant qu'invitée, et où Damen était venu la chercher après la cérémonie. Elle avait tellement changé, depuis son arrivée en Grèce…

Assaillie par toutes sortes de pensées tumultueuses, elle se tourna et se retourna dans son lit sans dormir. Les confidences de Damen expliquaient son comportement et ses réticences à retourner à Adras. Elle compatissait. On l'avait traité d'une manière abjecte et il se retranchait derrière des défenses imprenables. Elle ne serait jamais véritablement dans sa vie.

Combien de temps supporterait-elle d'être exclue ? Elle avait besoin d'aimer et d'être aimée, mais n'avait pas épousé Damen pour le quitter.

Elle souhaitait sincèrement être une bonne épouse et une bonne mère de famille. Cela aurait pu marcher si elle n'était pas tombée amoureuse, ce qui rendait le cynisme de Damen intolérable. Il était d'autant plus difficile de supporter son détachement qu'elle vivait leur intimité charnelle avec une intensité qui la consumait tout entière.

Quand ils étaient ensemble, le monde alentour cessait d'exister. Elle ne vivait plus que pour lui. Il l'obsédait. À un point inquiétant.

Elle y perdrait son âme…

Damen l'avait pourtant mise en garde. Mais comment aurait-elle compris qu'il la repousserait précisément parce qu'elle l'aimait ? Paradoxalement, il lui témoignait un désir physique insatiable. Elle se sentait en danger sur les plans psychologique et émotionnel.

Cette nuit-là, allongée sur les couvertures, elle avait du mal à respirer. Cela faisait des années qu'elle n'avait pas eu de crise de panique. L'oxygène lui manquait. Elle suffoquait.

Elle n'arrivait plus à se projeter dans l'avenir et ne pouvait pas continuer à vivre ainsi. Ce mariage était malsain. Damen finirait par la détruire. C'était peut-être elle qui avait besoin de consulter un thérapeute… Elle possédait malgré tout un solide instinct de survie, grâce auquel elle avait déjà surmonté bien des épreuves.

Petit à petit, la solution s'imposa. Elle devait le quitter.

En restant ensemble, ils ne réussiraient qu'à se faire souffrir mutuellement.

Les larmes lui montèrent aux yeux, mais le poids qui l'oppressait s'allégea un peu. Il fallait partir.

Kassiani s'assit pour contempler la mer par la fenêtre. Des nuages obscurcissaient la lune, mais le phare d'Adras brillait dans la nuit. Elle se calma.

Elle ne retournerait pas chez son père. Maintenant qu'elle avait suffisamment d'argent, elle s'installerait à San Francisco pour mener une vie indépendante.

La semaine avait été rude. Malgré tout, elle se sentirait mieux quand elle serait rentrée en Californie. Puisqu'elle avait déserté le domicile conjugal, Damen pourrait entamer une procédure de divorce. Elle n'avait pas à craindre de répercussions fâcheuses pour Dukas Shipping et n'éprouvait aucune culpabilité. Dukas Shipping était depuis longtemps au bord de la faillite. Damen redresserait la barre.

Elle n'allait pas s'apitoyer sur le sort de son père, qui avait négocié le mariage de ses filles comme une transaction commerciale. Il s'en sortirait grâce au savoir-faire de Damen Alexopoulos.

Kassiani s'en voulait tout de même d'avoir épousé Damen pour gagner l'approbation de son père. Rétrospectivement, c'était stupide et pathétique. Malgré tout, elle tirerait les leçons de l'expérience. Peu importaient les ragots qui circuleraient sur son échec. En dépit de ses efforts, ce mariage était voué à l'échec depuis le début. Damen et elle étaient incompatibles.

11.

Le retour en Californie lui procura un sentiment d'étrangeté.

Kassiani s'était absentée seulement quinze jours, mais avait l'impression d'être partie depuis plusieurs mois.

Elle ne se sentait plus du tout la même. Son mariage et la perte de son innocence l'avaient métamorphosée. En outre, elle revenait le cœur brisé et Damen lui manquait terriblement, même s'il n'était pas fait pour elle.

Elle fut au courant par son père des séjours de Damen à San Francisco. La première fois, elle se prépara à sa visite, alla chez le coiffeur et l'esthéticienne pour une épilation complète. Tout en arpentant nerveusement son salon, elle imaginait les mots qu'elle avait désespérément envie d'entendre. Il ne pouvait pas vivre sans elle et regrettait d'avoir commis autant d'erreurs. Il lui demandait pardon et voulait tout recommencer à zéro.

Mais Damen ne vint pas et n'essaya même pas de la contacter. Il s'occupa seulement de ses affaires et repartit très vite pour Athènes.

La fois suivante, un mois plus tard, Kassiani retourna tout de même chez le coiffeur, mais sans trop se bercer d'illusions, même si l'espoir subsistait. Elle rêvait d'un compromis raisonnable.

Il ne se manifesta pas.

La troisième fois et les suivantes, elle s'absenta délibérément. Vers la fin août, elle se persuada qu'elle n'avait plus envie de le voir et espéra que les papiers du divorce lui parviendraient vite.

Elle n'avait pas eu ses règles depuis des mois.

Elle crut d'abord à un retard – cela arrivait souvent. Puis elle incrimina le stress et la perte de poids, car elle avait beaucoup maigri depuis son mariage. Finalement, quand elle fut confortablement installée dans sa maison du Presidio, elle se décida à faire un test de grossesse. Horrifiée par le résultat positif, elle recommença trois fois avant de consulter un médecin.

Elle ne voulait pour rien au monde être enceinte, car cela changerait tout et la lierait à vie à Damen.

En outre, il aurait ce qu'il voulait, un héritier, une nouvelle génération pour porter le nom et lui succéder à la tête de son empire commercial.

Vers la fin du mois de septembre, elle ne s'était pas encore résolue à accepter sa grossesse. Elle avait toujours eu envie d'avoir des enfants, mais le sort de mère célibataire ne la tentait pas davantage que de renouer avec Damen.

Vivre avec ses deux parents serait évidemment une bonne chose pour le bébé, mais cela la détruirait.

Kassiani réfléchissait pendant ses longues nuits d'insomnie. Damen serait certainement un bon père, en tout cas au début. Mais au moment de l'adolescence il aurait du mal à supporter des crises qui le remettraient en question.

Quand et comment fallait-il lui annoncer la nouvelle ? Elle ne pouvait pas lui cacher un événement de cette importance, qu'il apprendrait de toute façon tôt ou tard. Elle entamait le second trimestre de sa grossesse, qui ne se voyait pas encore.

Les papiers du divorce n'arrivaient toujours pas.

Pourquoi ?

Que pensait-il ? Que voulait-il ? Cherchait-il à l'intimider ou à lui forcer la main ? Jouait-il encore au plus fort ?

Puis, soudain, le dernier jour de septembre, il apparut sur le pas de sa porte, impeccable et irrésistible dans son costume sombre.

Le cœur battant, elle vacilla sur ses jambes. Comment pouvait-elle l'aimer encore ? Aussi violemment ?

— Tu ne m'invites pas à entrer ? demanda-t-il calmement.

La colère de Kassiani se ranima. Comment osait-il surgir ainsi, à brûle-pourpoint, après des mois d'absence ?

— Je ne sais pas, répondit-elle sèchement.

Elle aperçut un dossier sous son bras et les larmes lui montèrent aux yeux. Il lui apportait la demande de divorce. En personne.

— Donne-moi ce pour quoi tu es venu et laisse-moi tranquille.

— Non. D'abord, nous devons parler.

— Je n'en ai pas envie. Tu m'as fait attendre des mois…

— J'avais besoin de temps.

Il hésita.

— J'avais entrepris… un travail… sur moi.

L'expression la déconcerta, surtout dans la bouche de Damen.

— Que veux-tu dire ?

— Je ne vais pas t'en parler ici, sur le trottoir.

Elle le précéda dans le salon, déterminée à se montrer aussi calme que possible en dépit de son tumulte intérieur. La perspective du divorce, inéluctable, la ravageait à un point qu'elle n'avait pas imaginé.

— C'est quoi, ce dossier ? demanda-t-elle en s'asseyant.

— Pas maintenant. Je te le laisserai quand je partirai.

Il inspira profondément.

— Je veux d'abord discuter de nous et de notre mariage.

— C'est inutile. Tu vas encore me reprocher de t'avoir déçu.

— Pas du tout. Je suis venu te présenter des excuses. Et te demander une deuxième chance.

— À quoi bon ?

Les yeux de Kassiani se remplirent de larmes et elle cilla furieusement pour les refouler.

— Tu vas encore me sermonner et vouloir me changer…

— J'avais tort. Pardonne-moi. De quel droit t'infligerais-je des reproches alors que je ne suis pas capable d'être un bon mari ?

Kassiani resta bouche bée, tandis qu'un espoir fou montait en elle. Se rendait-il compte de ce qu'il disait ? Le pensait-il ?

— Je me suis conduit comme un idiot, reprit-il. Je t'ai fait du mal parce que j'avais peur de souffrir. Tu éveillais en moi des sentiments qui m'effrayaient, mais je te voulais, obstinément.

— Non, tu voulais Elexis.

— Je ne l'avais pas choisie. Ton père me l'avait promise, mais heureusement le sort en a décidé autrement.

— Pourtant, tu prétendais…

— C'était faux. La colère m'aveuglait, et j'ai honte de m'en être pris à toi aussi durement. Il m'a fallu de longs mois d'entretiens pour analyser mon comportement. Si j'ai été déçu, c'est uniquement par moi-même, certainement pas par toi. Je suis désolé d'avoir été aussi agressif envers toi.

Kassiani plissa le front d'un air perplexe.

— Avec qui as-tu parlé ?

— Un psychothérapeute. J'ai suivi ton conseil. J'espérais que tu me reviendrais si je changeais. Ce n'est plus pareil, la vie sans toi.

Elle retenait son souffle en l'écoutant. Il lui disait tout ce qu'elle rêvait d'entendre et elle avait peur de prendre ses désirs pour des réalités. Était-ce vraiment en train de lui arriver ?

— Tu n'es pas venu me voir, lors de tes précédents voyages à San Francisco.

— Je voulais te laisser l'initiative, pour une fois, au lieu de t'imposer mes volontés comme d'habitude. Mais le temps passait et tu ne te manifestais pas. J'ai eu peur que tu t'éloignes définitivement.

— J'attendais la demande de divorce.

— Tu aurais attendu longtemps. L'idée de divorcer ne m'a jamais effleuré. Tu es la seule femme que j'aimerai jamais. Tu es à moi. J'ai besoin de toi à mes côtés, jusqu'à la fin de mes jours.

Bouleversée par ses paroles, elle se mit à trembler.

— Je ne sais pas quoi dire. J'ai l'impression d'être devant un homme complètement différent.

— J'ai encore du mal à m'exprimer, mais tenter de vivre sans toi est infiniment plus difficile que d'essayer de communiquer et d'être un bon mari.

Il s'interrompit quelques secondes.

— Je ne veux pas te forcer à prendre une décision que tu risquerais de regretter plus tard. J'ai élaboré quelques propositions auxquelles tu auras tout le temps de réfléchir, et que j'ai consignées dans un dossier. Quel que soit ton choix – rentrer en Grèce avec moi ou continuer à vivre ici —, je pourvoirai à tes besoins et continuerai toujours à te protéger.

Elle se leva.

— Ton argent ne m'intéresse pas, Damen. C'est toi que je voulais, rien d'autre.

Une ombre voila son regard.

— Je ne me rendais pas compte. J'espère qu'il n'est pas trop tard pour nous. Je n'ai pas l'intention de te quitter, mais je ne te forcerai pas non plus à rester mariée si tu ne le souhaites pas. Tu vaux mieux que la vie qui t'a été offerte jusqu'à maintenant. Je veux essayer de réparer les injustices dont tu as souffert, pour que l'avenir ne ressemble pas au passé.

Il s'approcha pour déposer un baiser sur sa tempe.

— Je t'aime, mon cœur, murmura-t-il en lui caressant la joue. Je souhaite que tu sois heureuse. Tu le mérites.

À ces mots, il déposa le porte-documents en cuir sur une chaise et sortit sans rien ajouter.

Kassiani avait attendu quatre mois cette conversation, qui s'avérait plus merveilleuse que tout ce qu'elle avait imaginé. En même temps, d'horribles doutes l'assaillirent quand Damen disparut avec la même brusquerie qu'avant.

Les mains tremblantes, elle sortit trois feuillets dactylographiés, qu'elle lut avec attention.

Damen lui offrait trois options. Indépendamment de son choix, elle conservait la liberté de divorcer ou de continuer à vivre avec lui.

Option 1 : Mener une vie indépendante à San Francisco et rentrer au conseil d'administration de Dukas Shipping pour y jouer un rôle de premier plan.

Kassiani s'arrêta, les yeux rivés sur les mots *Dukas Shipping*. Avait-il changé d'avis ? Garderait-il le nom de la compagnie ?

Option 2 : Prendre la direction de Dukas Shipping et en assurer le management, en vivant soit à San Francisco soit à Athènes.

Option 3 : Prendre un poste de direction dans les bureaux de la Compagnie Alexopoulos à Athènes, pour assurer la gestion conjointe de Dukas Shipping et Aegean Shipping.

Kassiani se rassit, sous le choc. Damen lui proposait l'opportunité dont elle rêvait depuis toujours. Elle chercha son numéro et l'appela immédiatement. Il décrocha aussitôt.

— C'est Kassiani, dit-elle.

— Je sais. Tu es enregistrée dans mes favoris.

C'était dur de se concentrer, son cœur battait la chamade.

— J'ai du mal à y croire, bredouilla-t-elle.

— Si quelqu'un doit diriger Dukas Shipping, c'est bien toi.

— Tu garderas le nom ?

— Cela dépend.

— De quoi ?

— De toi. À toi de décider si tu prends les rênes.

— Je ne connais rien aux affaires.

— Tu apprendras vite. Il ne te faut pas beaucoup de temps pour cerner un problème. Tu m'as percé à jour en moins d'une semaine.

— Tu es sérieux ?

— Bien sûr.

— Et si j'échoue ?

— Dans les affaires ou sur le plan personnel ? Les situations sont séparées. Tu peux choisir n'importe quelle option avec ou sans moi.

Sa gorge se serra. Il prononçait exactement les mots qu'il fallait pour lui redonner confiance, et elle se sentit coupable. Il fallait le mettre au courant de sa grossesse. Cela risquait de tout changer. Il lui en voudrait de lui avoir caché pendant si longtemps un secret de cette importance.

— Je suis enceinte, Damen. De vingt-deux semaines.

Il ne répondit pas tout de suite. Le silence était assourdissant.

— Dis quelque chose, je t'en prie.

— Ouvre la porte, chaton. Je suis là, dehors.

Elle se précipita.

— Pourquoi pleures-tu ? demanda-t-il en la serrant dans ses bras.

— Ne sois pas fâché…

Il l'embrassa sur le front.

— Fâché ? Tu plaisantes. Le bébé va bien ? Toi aussi ?

— Oui. Tout se passe très bien, sauf que je me sentais trop loin de toi.

Il la prit par les épaules.

— Pourtant, j'étais à San Francisco.

— Comment ?

— Je voulais être tout près pour le cas où tu aurais besoin de moi.

— Mais mon père me prévenait de tes voyages…

— L'idée est de lui, pas de moi. J'ai une suite au Palace Hotel.

— As-tu essayé de me voir ?

— Je passais devant chez toi tous les jours. Quelquefois, je garais ma voiture de l'autre côté de la rue pour regarder tes fenêtres.

Elle s'écarta.

— Tu savais que j'étais enceinte ?

— Je n'en étais pas sûr. Ma mère s'en doutait.

— Comment ?

Il haussa les épaules.

— Elle a un sixième sens pour ce genre de choses.

— Tu me fais quand même des propositions de travail ?

— Tu as toujours eu envie de prendre une part active au sein de la compagnie. Ce n'est pas ta grossesse qui va t'en empêcher.

— Les épouses grecques traditionnelles sont femmes au foyer.

— Cela m'est égal. C'est toi que je veux.

— Imagine que je choisisse l'option 1 et de mener une existence indépendante.

— J'achèterai une maison ici pour jouer mon rôle de père.

— Tu adores la Grèce.

— Ma femme et mon enfant passent avant.

— Je ne sais pas quoi dire.

— Prends le temps de réfléchir. Sans te presser. Cela me permettra de te faire la cour et de te choyer, de te prouver que je peux être un bon mari.

— Les quatre derniers mois ont été bien cahoteux…

— Par ma faute.

— Non, à cause de moi. Mon père t'avait promis sa fille aînée.

— Heureusement, c'est toi que j'ai épousée. Grâce à ton courage et ta force de caractère, j'ai réussi à affronter un passé qui m'empêchait de vivre et d'aimer. Sans toi, je ne serais pas devenu celui que je suis aujourd'hui et je ne serais pas ici pour te dire que je t'aime, Kassiani. Et je t'aimerai jusqu'à la fin de mes jours.

Il lui fit une cour assidue, l'emmenant au théâtre et dans les meilleurs restaurants. Un soir, au cours d'un dîner, Kassiani osa lui poser des questions sur Iris et ses parents.

— Je ne comprends pas ce que tu reproches à ta mère.

— Rien du tout.

— Pourtant… Tu ne l'aimes pas beaucoup.

— Mais si ! D'où te vient cette drôle d'idée ?

— Tu ne la vois pas souvent. Elle te trouve très dur…

— Pas avec elle, chaton. Nos relations sont parfois difficiles parce qu'elle refuse que je lui offre une belle maison. J'aimerais lui faire de beaux cadeaux, mais elle veut continuer à vivre simplement. Elle est très têtue…

— Alors tu ne la punis pas ?

— Mais non !

— Je croyais que tu en voulais à tes parents… à cause d'Iris.

— Non. Ils ne sont pas responsables. Eux aussi étaient des victimes. Je donnerais n'importe quoi pour que ma mère s'installe à Athènes, près de moi. Jusqu'à maintenant, elle a refusé toutes mes invitations.

— Et toi tu as du mal à retourner à Adras.

— Oui… La situation est bloquée.

Kassiani attendit un moment avant de poursuivre.

— Et Iris ? Tu t'es senti très coupable, non ?

Il hocha la tête.

— Pourquoi a-t-elle mis fin à ses jours ? Vous vous étiez disputés ?

— Non. J'ai aussi beaucoup réfléchi à cette histoire. Je pense qu'elle s'est sentie trahie quand j'ai quitté Adras. Je n'ai jamais regardé en arrière et je l'ai oubliée alors que nous avions fait des projets d'avenir. Elle m'a écrit plusieurs fois, de longues lettres. Je n'ai pas répondu.

Je préférais lui rendre sa liberté. Elle n'aurait pas été heureuse avec moi parce que je n'étais plus celui qu'elle avait connu. J'étais brisé…

— Et tu t'es incriminé pendant toutes ces années.

Kassiani tendit la main pour caresser sa joue râpeuse.

— Ce n'était pas ta faute. C'est fini, maintenant, chuchota-t-elle en l'embrassant.

— Je t'aime.

— Moi aussi, je t'aime, mon mari.

Au bout d'un mois et demi d'une cour assidue de son mari, Kassiani choisit l'option 3 et ils retournèrent en Grèce. Ce pays n'était pas vraiment le sien, mais elle s'y sentait chez elle désormais puisqu'elle était avec Damen.

Elle se rendait tous les jours avec lui dans l'immeuble qui abritait le siège de la compagnie. Ils se quittaient dans l'ascenseur pour se diriger vers leurs bureaux respectifs. Kassiani collaborait étroitement avec un proche de Damen et se formait au management. Toute l'équipe d'Aegean Shipping se félicitait qu'un membre de la famille Dukas les ait rejoints.

Le temps passa vite. La naissance du bébé approchait.

Un soir, en sortant du travail, Damen emmena Kassiani dans la banlieue nord d'Athènes pour visiter une maison.

— La construction est à peine achevée, mais le propriétaire, très endetté, est obligé de la mettre en vente, expliqua-t-il en franchissant les grilles du parc. Je sais que tu as une préférence pour les vieilles demeures, mais la vue est magnifique et il y a plus d'un hectare de terrain.

Il contourna la maison et le bleu de la mer apparut, magnifique.

— C'est parfait. Achète-la.

— Attends de la visiter.

— Nous pourrons toujours l'arranger à notre goût.

Il gara la voiture.

— Je ne veux pas que tu aies des soucis, d'aucune sorte. Je veux que tu sois heureuse et détendue.

Un feu intérieur irradia Kassiani. Elle rayonnait comme un soleil.

— Je suis fantastiquement heureuse, Damen.

Il lui sourit et se pencha pour l'embrasser.

— Épouse-moi, Kassiani.

Elle lui rendit son baiser.

— Nous sommes déjà mariés, mon amour.

— Organisons une deuxième cérémonie. Cette fois-ci, ce sera un mariage d'amour. Je veux que tu saches…

— Je sais.

— Je veux le proclamer au monde entier.

— Que nous importent les autres ?

— Je suis très orgueilleux, avoua-t-il malicieusement. Je suis fier de montrer à tout le monde la femme extraordinaire qui est la mienne. Et qui va bientôt mettre notre bébé au monde.

Comment n'aurait-elle pas exulté de joie et de bonheur ?

— Je suis comblée. En plus, tu restes toutes les nuits avec moi.

— Évidemment. Maintenant que je t'ai retrouvée, je ne te quitte plus.

Elle rit. Damen dormait collé contre elle, en gardant une main au creux de ses reins.

Elle adorait cela.

Elle l'aimait.

Éperdument.

Épilogue

La cérémonie de renouvellement des vœux eut lieu le 31 décembre.

Kassiani portait une robe de mariée très simple, à l'antique, drapée sur une épaule. Une couronne de feuilles d'or ornait ses jolies boucles brunes. Elle était à quatre semaines du terme et se sentait incroyablement heureuse.

— Tu es très belle, dit Damen en la voyant.

— J'ai un gros ventre…

— Heureusement ! Je suis fou de joie à l'idée de parader avec toi à mon bras et de proclamer mon amour devant tout le monde.

— Les autres m'importent peu. Pour moi, il n'y a que toi qui comptes.

— Alors réjouis-toi. Je suis enfin en paix avec moi-même. Ce soir, nous fêterons notre union avec des amis proches et la famille. Nous danserons et prendrons des photos que nous montrerons plus tard à nos enfants. Ils sauront combien leur père a aimé leur mère et nous serons pour eux un exemple à suivre, un couple idéal.

— Je ne t'imaginais pas aussi romantique.

— Je t'adore, ma femme, mon cœur, ma vie. Je t'adore et je rends grâce au ciel de chaque jour passé avec toi.

La cérémonie fut très belle, et la soirée au restaurant Dionysos, très réussie. L'établissement donnait sur l'Acropole et l'odéon d'Hérode Atticus, tous deux illuminés.

Cet arrière-plan prestigieux conférait une profondeur spirituelle à l'événement. Le père de Kassiani était là et

Mme Alexopoulos avait accepté de venir en bateau. Elle avait confectionné elle-même le bouquet de Kassiani, en ajoutant aux fleurs quelques rameaux d'olivier, symbole de paix et d'amour. Tout était parfait.

Quand Kassiani accoucha, deux semaines plus tard, Damen était présent. Kristopher Dukas envoya des fleurs, mais Mme Alexopoulos revint et proposa son aide.

Damen craignait que Kassiani n'accepte pas la présence de sa mère chez eux. Mais Mme Alexopoulos, qui n'avait rien d'une belle-mère critique et envahissante, se révéla une source inépuisable de bons conseils et d'encouragements. Naturellement, elle fut ravie de tisser des liens privilégiés avec son petit-fils Alessandro.

Radieuse et épanouie, Kassiani éprouva néanmoins, au bout de quelques mois, l'envie de retourner au bureau à temps partiel. Elle avait conscience d'avoir beaucoup de chance en n'ayant pas à choisir entre le travail et la maternité.

L'année qui venait de s'écouler n'avait pas été facile. Damen et elle avaient traversé de rudes épreuves et avaient lutté pour conquérir leur bonheur et former une vraie famille. Ils savaient à présent qu'ils pouvaient compter l'un sur l'autre et continueraient à s'épauler dans les difficultés.

L'amour possédait des vertus innombrables. L'amour guérissait tous les maux et était porteur d'espoir.

Kassiani n'avait pas toujours fait les bons choix. Elle n'avait jamais vraiment abandonné, mais, juste au moment où sa combativité faiblissait, Damen avait resurgi pour la reconquérir. Il avait choisi de se battre. Pour lui, pour elle, pour leur avenir commun.

Le rêve s'était fait réalité.

Vous avez aimé *Mariage en mer Egée* ?
Retrouvez en numérique les premiers romans de la série « Passion au paradis », puis la suite de votre série dès le mois prochain dans votre collection Azur.

1. *Nuit de noces en Grèce*
2. *Scandale à Madrid*
3. *Mariage en mer Égée*

Retrouvez en septembre 2020,
dans votre collection

AZUR

Le fils caché d'un Sicilien,
de Michelle Smart - N°4246

Cela fait trois ans qu'Orla recherche le père de son fils chéri. Hélas, en raison de l'accident qui l'a rendue amnésique, elle est incapable de se rappeler son nom… Jusqu'au jour où Tonino Valente fait son apparition, au cours du mariage de sa sœur. Cet homme somptueux, Orla le reconnaît aussitôt, dans son âme, son cœur, son corps ! Dès lors, les souvenirs affluent à sa mémoire, dévastateurs. Ceux de leur rencontre et de la passion qui les a liés si intimement… Mais aussi celui de la trahison de Tonino…

Liaison avec le grand patron,
de Kate Hewitt - N°4247

Elle est enceinte… Mia attend un enfant d'Alessandro Costa, un homme qu'elle connaît à peine, un homme impitoyable. Son patron ! Alors qu'elle croyait n'avoir jamais plus rien à faire avec celui qui n'a pas hésité à la licencier froidement après leur unique nuit d'amour, la voilà liée à lui pour toujours ! Si le choc est intense, Mia pense d'abord à protéger son enfant en restant à distance. Mais lorsque quelques mois plus tard Alessandro découvre qu'elle a donné naissance à une petite fille, il fait de nouveau irruption dans sa vie, pour lui donner un ordre ultime : celui de l'épouser !

Dans les bras du prince de Santara,
de Michelle Conder - N°4248

Alexa, princesse héritière de Bérénia, a besoin de trouver un mari avant que son père lui en impose un. Et elle a déjà jeté son dévolu sur Rafaele al-Hadrid. Le prince de Santara possède en effet toutes les qualités requises. Hédoniste aux mœurs dissolues, il fuit tout engagement – et le mariage en particulier. Avec lui, au moins, les choses seront claires : il ne sera question entre eux que d'un arrangement temporaire qui, tout en renforçant les liens entre leurs deux pays, servira leur intérêt commun de rester libre. Hélas, si le plan d'Alexa est parfait en théorie, tout se complique lorsqu'un désir irrépressible la pousse dans les bras et dans le lit de son époux de façade…

Le fruit d'une nuit interdite,
de Chantelle Shaw - N°4249

S'il y a une femme sur Terre qu'Andreas Karelis n'a pas le droit de séduire, c'est bien l'innocente Isla Stanford. Pourtant, leurs retrouvailles sur une île paradisiaque de la mer Égée mettent à mal ses résolutions. Dans ce décor de rêve, où le vert de la forêt rivalise de beauté avec le bleu du ciel, comment résister à cette créature tout droit sortie de ses fantasmes ? Après une aventure aussi brève qu'intense, Isla sort de la vie d'Andreas, fort heureusement pour sa tranquillité d'esprit. Avant de lui révéler peu après qu'elle attend un enfant de lui : l'héritier des Karelis…

La maîtresse de Salvatore di Luca,
de Sharon Kendrick - N°4250

Fidèle aux traditions siciliennes, Lina travaille dur et se conduit de manière respectueuse. Mais, au grand dam de sa famille, elle repousse tous ses prétendants. Comment pourrait-elle se lier à un homme qu'elle n'aime pas ? Tous l'ignorent, mais un seul a le pouvoir de faire battre son cœur. Chaque fois qu'il est de passage à Caltarina, Salvatore di Luca éveille en elle un désir intense… mais interdit. Non seulement le séduisant milliardaire n'a aucune intention de s'établir sur l'île, mais surtout il n'a que faire d'une simple couturière comme elle. Du moins le croit-elle, avant qu'une rencontre fortuite les conduise à une liaison scandaleuse…

Éprise de son meilleur ami,
de Michelle Douglas - N°4251

Se marier avec son meilleur ami ? Voilà une idée curieusement tentante pour Sophie. Bien sûr, il ne s'agirait que d'une union de convenance entre eux, purement platonique : Will a besoin d'une femme pour hériter d'Ashbarrow Castle, le domaine familial ; quant à Sophie, elle manque d'argent pour se bâtir une nouvelle existence en Cornouailles. Rien de romantique, donc. Alors pourquoi ne peut-elle s'empêcher de s'imaginer au bras de Will… et dans son lit ? Tandis qu'elle s'efforce d'ignorer les élans de son cœur pour son irrésistible époux, Sophie comprend bientôt qu'elle a commis l'irréparable en tombant amoureuse de lui…

Noces à Manhattan,
de Susan Meier - N°4252

SÉRIE : *LES HÉRITIERS DE MANHATTAN* - 2/3

« J'ai besoin d'aide. » Face à Seth McCallan, le meilleur ami de son époux disparu, Harper n'a d'autre choix que de révéler sa détresse. Comment faire autrement, alors que sa petite fille et elle sont sur le point de se retrouver à la rue ? Bien sûr, elle aurait préféré tenir l'homme d'affaires new-yorkais à l'écart de ses problèmes, seulement il est son dernier recours… Or, à peine lui a-t-elle expliqué sa situation que Seth lui propose d'emménager chez lui avec son bébé. Une offre qu'elle accepte volontiers, tout en se jurant de garder ses distances avec celui qui, depuis des années, fait battre son cœur un peu trop vite…

La promise d'un cheikh, de Lynne Graham - N°4253

SÉRIE : *TROIS SŒURS À SÉDUIRE* - 3/3

Résolue à échapper quelque temps à sa famille surprotectrice, Zoe voyage vers le Maraban, un royaume du désert de toute beauté. Sitôt arrivée, hélas, elle est enlevée et conduite dans un campement au milieu de nulle part. Son salut, elle le doit au sublime Raj, qui se révèle être le prince héritier du pays. Sous son regard ardent, elle se sent vite rassurée... et désirée ! Mais sa liberté a un prix, Zoe ne tarde pas à le comprendre. Et, lorsque tous deux sont plongés dans un scandale politique, Raj exige d'elle qu'elle devienne son épouse...

Une danse à Venise, de Trish Morey - N°4254

SÉRIE : *PASSION AU PARADIS* - 4/6

Venise est envahie par une foule d'anonymes masqués, noyée dans un brouillard mystérieux... C'est là que Rosa, perdue, fait la rencontre d'un sublime inconnu. Lorsqu'il lui propose de l'accompagner au bal du carnaval, elle accepte, grisée par l'atmosphère de cette soirée féerique. Puis elle se laisse entraîner sur la piste de danse du *palazzo*, avant de gagner le lit de Vittorio, pour une nuit de délices. Une nuit censée être unique mais qui n'est pas sans conséquences. Peu après, Rosa découvre en effet qu'elle est enceinte et que son amant est prince !

Ce pacte si troublant, de Tara Pammi - N°4255

Pour se libérer de l'emprise de son beau-père, un homme manipulateur et violent, Neha sait qu'une seule personne peut l'aider : Leonardo Brunetti, le puissant P-DG de BFI. Cet homme ténébreux et arrogant – et qui la fait frissonner en secret depuis des années – est en effet le seul à pouvoir tenir tête à son beau-père et la sauver de ses griffes. Mais Leonardo acceptera-t-il sa folle demande : l'aider à commencer enfin une nouvelle vie en lui faisant l'enfant dont elle rêve ?

Un baiser enivrant, de Kim Lawrence - N°4256

Quand le sublime Draco Morelli lui propose de l'embrasser pour rendre jalouses les trois pestes qui se moquent d'elle depuis le lycée, Eve accepte sans hésiter – pour le simple plaisir de les voir se consumer d'envie. Mais le baiser passionné de Draco lui fait rapidement oublier ses désirs de vengeance. Ce qu'elle veut à présent, c'est lui et rien d'autre. Aussi, quand, après une première nuit de passion, leur aventure semble évoluer vers une véritable histoire d'amour, Eve est-elle ivre de bonheur. Un bonheur hélas de courte durée. Car elle ne tarde pas à découvrir que Draco l'a piégée. S'il a besoin d'une femme dans sa vie, c'est uniquement pour conserver la garde de sa fille...

Composé et édité par HarperCollins France.

Achevé d'imprimer en juillet 2020.

CPi
BLACK PRINT

Barcelone

Dépôt légal : août 2020.

MIXTE
Papier issu de sources responsables
FSC® C108412

Pour limiter l'empreinte environnementale de ses livres, HarperCollins France s'engage à n'utiliser que du papier fabriqué à partir de bois provenant de forêts gérées durablement et de manière responsable.

Imprimé en Espagne.